내 여동생이
귀여울 리가
없어
카나코 if
엉
이런
■Nae yeodongsaengi
irerke guiyeoul
riga upser 17
17
후시미 츠카사
Tsukasa Fushimi
Illustration
카자키 히로

contents

야기

코우스케에게
이 있다.
한 비밀'을 알

는 여동생과
다.
로부터 '인생
동에 휘말리

외모수려, 성적우수, 운동신경
다 갖춘 완벽 초인으로, 모델
는 여중생.
한편으로 애니와 게임을 무척
기도 하다.

사오리 바지나
saori·vageena

으로 무장한 키 큰 소
타쿠 소녀 모여라―'의
리노는 사오리가 개최
한 것을 계기로 오타쿠
된다.

아라가키 아야세
aragaki ayase

키리노와 학교, 일 양쪽을 함께하는 절친.
오타쿠를 싫어한다.
단아하고 사교성도 좋지만 쿄우스케에게
가차 없는 지적을 하거나 과한 반응을
보이는 면도 있다.

키리노
노래오
메루루
연예기

발군인 모든 것을
실까지 하는 잘 나가

사랑하는 오타쿠이

코우사카 쿄우스케
kosaka kyosuke

여동생인 키리노와 달리 평범한 고등학생.
남을 잘 돌보는 성격으로 오랫동안 대화 한마디 없이
냉전 상태였던 키리노의 '인생 상담'에도 협력하고 있다.

의 반 친구.
춤이 특기로 애니 「스타더스트☆위치
」의 메루루와 꼭 닮아 코스프레로
활동을 하기도 한다.

타무라 마나미
tamura manami

쿄우스케의 소꿉친구. 늘어지는 말투의 마이
페이스인 성격.
아야세가 '언니'라 부르며 따르고 있다.

내 여동생이 이렇게 귀여울 리가 없어

후시미 츠카사
Tsukasa Fushimi

Illustration◆칸자키 히로

17

머리말

이 책은 PSP 게임 「내 여동생이 이렇게 귀여울 리가 없어 포터블」 및 「내 여동생이 이렇게 귀여울 리가 없어 포터블이 계속될 리가 없어」에 수록된 카나코 편을 가필해 소설화한 것입니다.

게임에서는 아야세 편에서 쿄우스케가 카나코에게 정체를 밝히면서 시나리오가 분기되어 카나코 편을 플레이할 수 있었습니다. 많은 분들이 이 책을 즐겁게 보실 수 있도록 서두에 '지금까지의 줄거리'를 실었으니 읽어보시기 바랍니다.

【지금까지의 줄거리】

지극히 평범한 고등학생인 코우사카 쿄우스케에겐 키리노라는 여동생이 있다.

사실은 오타쿠인 초미소녀 코우사카 키리노의 '비밀'을 지키기 위해 쿄우스케는 분투해왔다.

그런 날들 속에서 쿄우스케는 키리노의 반 친구인 **아라가키 아야세, 쿠루스 카나코**와 만나게 된다.

여동생의 친구에게서 지독한 평가를 받지만, 유일하게 자신을 감싸준 아야세에게 호감을 느낀다.

하지만 결벽증에다 오타쿠를 싫어하는 아야세가 키리노의 비밀을 알게 된다.

동생에게서 '인생 상담'을 듣게 된 쿄우스케는 아야세와 키리노 사이를 풀어주기 위해서 자신을 희생해서 거짓말을 한다.

아야세에게 미움을 받게 된 쿄우스케. 그런데 어느 날, 아아세가 키리노에 대한 상담 요청을 해온다.

'키리노'의 비밀에 대해 아야세가 상담할 수 있는 사람은 싫어하는 쿄우스케밖에 없었기 때문이었다.

키리노가 기뻐할 만한 선물을 하고 싶다.

그 고백에 쿄우스케는 키리노가 사랑하는 TV애니메이션「스타더스트☆위치 메루루」의 코스프레 대회, 그 우승상품인 '비매품 피겨'를 선물하는 건 어떠냐는 제안을 한다.

야한 코스프레 의상을 입히려는 쿄우스케를 걷어찬 아야세는 속여서 데리고 온 카나코를 자기 대신 출장시켜 우승 상품을 손에 넣으려 했다.

카나코는 「스타더스트☆위치 메루루」의 주인공 아카보시 메루(메루루)와 꼭 닮은 외모를 갖고 있었기 때문이었다.

그때 쿄우스케는 '모델 사무소의 매니저 아카기 코우헤이'라고 카나코에게 소개된다. 쿄우스케의 얼굴을 까맣게 잊고 있던 카나코는 그 말을 그대로 믿어버린다.

여러 차례 아야세의 상담에 응하는 동안 쿄우스케가 내뱉은 '아야세와 키리노를 위한 거짓말'이 들통나고 만다. 아야세는 쿄우스케에게 사과하고 두 사람의 새로운 관계가 시작된다.

'키리노의 취미를 이해하고 싶다'고 말하는 아야세를 위해 쿄우스케는 그녀를 여름 코믹 마켓에 데리고 간다.

그곳에서 만난, 키리노의 오타쿠 친구이자 쿄우스케의 후배이기도 한 **쿠로네코(고코우 루리)**는 아야세와 즐겁게 이야기를 나누는 쿄우스케를 보고 크게 동요한다.

쿄우스케를 남몰래 마음에 품고 있던 그녀는 입시생인 쿄우스케를 생각해 적극적으로 접근하지 못하고 있었던 것이다. 착한 마음을 암흑으로 물들인 쿠로네코는 자신을 복수의 천사 '야미네코'라 부른다.

그리고 얼마 지나지 않아—.

쿄우스케와 아야세는 기업 부스의 메루루 스테이지에서 카나코와 만나게 된다.

이야기는 여기서부터 시작된다.

■Nae yeodongsaengi irerke guiyeoul riga upser ⑰
kanako if
제 1 장

지금부터 하려는 건 도저히 말도 안 되는 이야기다.

내가 하필이면 그 녀석하고 사귀게 되다니 말이다.

당시의 내게 이야기해도 콧방귀나 뀌고 말 거다.

하지만.

누가 뭐라 하든 사실이다.

자신 있게 말하겠다.

라고 기세 좋게 말을 꺼내기는 했지만… 이걸 어쩌지. 제대로 전해질지 어려운 이야기인데.

뭐부터 얘기해야 쉽게 이해할 수 있을까— 으음, 역시 거기서부터겠네.

아라가키 아야세를 기억하나?

내 동생 키리노의 친구이자 모델 동료. 오타쿠 취미를 싫어하며 자기 확신이 강하며 화나면 무서운 그 아야세 말이다.

내 취향의 스트라이크존 중심에 꽂히는 검은 머리 미소녀로, 놀리면 굉장히 재미있게 반응하는 그 아야세 말이야.

우선 이 녀석을 떠올려주지 않으면 이야기가 시작되지 않거든.

아야세는 지금부터 할 이야기에서 굉장히 중요한 인물이라서 말이지.

예전에 이 녀석은 나를 키리노를 홀린 '변태 귀축 오빠'라고 믿고 있었다.

하지만 여러 일들을 통해 그 오해는 풀렸고—풀린 게 계기가 되어.

나는 고등학교 3학년 봄부터 여름까지의 시기를 아야세와 함께 보냈다. 아니, 물론 사귄 건 아니고 키리노와 관련된 상담에 응한 게 전부였지만 말이지.

그래도 관계는 많이 개선되었다.

여러 번 상담에 응하면서 착신 거부도 겨~우 해제되고 때로는 놀리기도 하면서 어쩌면 이대로 계속 친해지다 보면 기회가 있는 거 아닐까? 그런 기대까지 가지게 될 정도로 말이다.

하지만 그렇게 되지는 않았다.

나보다 훨씬 강한 의지로 원하는 미래를 끌어당긴 누군가 때문에. 나 같은 놈보다 훨씬 더 주인공다운 그 녀석이 전력을 다해 내 마음을 빼앗아 갔기 때문에.

그때가 터닝 포인트였을 거다.

이 이야기는 나—코우사카 쿄우스케가 고등학교 3학년이던 해의 8월 중순.

여름 코믹 마켓 3일차인 그 순간부터 시작된다.

중요한 일이니까 선언해두겠다.

이것은 나—코우사카 쿄우스케와 아라가키 아야세의 이야기가 아니다.

나와 쿠로네코의 이야기도, 나와 여동생의 이야기도 아니다.

나와 카나코의 이야기다.

쿠루스 카나코.

핑크색 마법 소녀 「스타더스트☆위치 메루루」의 코스프레를 하고 있는 트윈테일 소녀.

키리노와 아야세의 같은 반 친구이자 과거 내가 '모델 사무소의 매니저'로 돌봐준 적도 있는.

바로 그 상대.

그녀는 아야세와 나란히 서 있는 나를 보고 의아하다는 듯이 고개를 갸웃거렸다.

"음~, 어디서 본 적이 있는 것도 같은데~."

지금은 여름 코믹 마켓 3일째 날.

현재 위치는 국제전시장, 메루루 스테이지 바로 옆이다.

『키리노의 취미를 이해하고 싶다.』

그런 아야세의 상담에 부응하기 위해 함께 국제전시장을 찾은 우리는 그곳에서 카나코와 마주치게 되었다.

'키리노의 오빠'인 나—코우사카 쿄우스케의 얼굴을 까맣게 잊은 듯한 카나코.

메루루의 공식 코스플레이어로 활약 중인 그녀는 라이브를 위해 여름 코믹 마켓에 온 거라고 했다.

물론 이 녀석에게 '키리노의 취미'를 들킬 수는 없었다.

여기에 아야세와 내가 와 있는 진짜 이유를 밝힐 수도 없었다.

신중하게 대응해야 하는 상황이었다.

"야, 너— 카나코랑 어디서 만난 적 없어?"

"뭐야, 기억 안 나?"

그런데 이때의 나는 진짜 어딘가 제정신이 아니었었나 보다.

마치 선택지가 결정되어 있는 에로 게임 주인공처럼—.

"자, 이러면 알겠냐?"

앞머리를 올려 올백으로 넘겼다.

"아앗—?! 매니저잖아!"

카나코는 큰소리를 지르며 내 얼굴을 가리켰다.

"이제야 생각났나?"

"생각났어, 생각났어!"

관심 없는 사람의 얼굴은 기억하지 않는다.

그런 카나코가 이쪽의 나는 기억해줬었나 보다.

"그런데 어—? 매니저, 카나코한테 성희롱한 거 사무소에 들켜서 잘린 거 아니었어?"

"너한테 그런 무례한 소릴 지껄인 놈이 누구냐!"

"아야세."

"아, 아야세~."

옆에 있는 아야세를 노려보자 그녀는 카나코에게 들리지 않도록 목소리를 낮춰 대답했다.

"…어, 어쩔 수가 없잖아요. 둘러댈 말이 잘 생각 안 났단 말이에요."

일리 있는 말이다.

나는 가짜 매니저였고, 아야세 입장에선 내가 사무소에 없는 이유를 카나코에게 설명해야 했으니까.

"아무리 그래도…."

날조한 '이유'가 너무 지독하잖아. 사사로운 원한이 느껴지는데, 아야세….

“야—.”

머리를 감싸 쥐는 내게 카나코가 경박하게 말했다.

“너 왜 그때 카나코한테 상담 안 했어?”

“뭐?”

“그러면 매니저는 그런 짓은 하지 않았다고 말해줬을 텐데. 바보 구나—.”

“너….”

너무 의외의 질책에 내 눈은 휘둥그레 벌어졌다.

어? 카나코… 날 감싸줄 생각이었나?

“…그야 미래의 슈퍼 아이돌 카나의 엉덩이를 만진 건 죽어 마땅 하지만, 해고할 일까진 아니라고 생각하니까.”

“야, 정말 성희롱한 것처럼 말하지 마.”

난 무죄야.

“하지만 카나코 엉덩이.”

“안 만졌다.”

“그랬나? 뭐, 아무래도 상관없지만.”

이, 이 자식…, 여전하네.

자기랑 상관없는 일은 정말 가볍게 취급한다. 신경 쓰지 않고 바 로 잊어버린다.

쿠루스 카나코는 그런 여자다.

“아…, 그러면 매니저도 카나코 무대 보러 온 거야?”

“어, 그런데. 어쨌든 난 네 첫 번째 팬이니까.”

건성으로 한 내 대답에 기분이 좋아졌는지 카나코의 뺨이 붉게 물들었다.

“……흐음. 보기보다 의리 있네. 그렇다면 관계자석을 준비해줄
게.”
“오, 그래도 돼?”
“물론! 나만 믿으라고~.”

“히힛, 카나코 무대, 응원해줘!”

최고의 미소.
이 녀석의 팬이 열광하는 것도 조금은 이해가 될 것 같았다.
그렇다.
이 순간이 운명의 분수령이었을 것이다.

그렇게….
여름 코믹 마켓도 무사히 끝나고 평소와 같은 일상이 돌아왔다.
여름방학도 보름 남았다. 자, 이제 뭘 하면서 시간을 보낼까.
그런 생각을 하고 있는데 우리 집 초인종이 울렸다.
—키리노가 주문한 게임이라도 왔나?
집에 있는 건 나 혼자다. 할 수 없이 계단을 내려가 문을 열었다.
그러자 그곳에는 의외의 인물이 서 있었다.
“너는….”
“안녕—.”
어제 만난 이후로 다시 보게 된 쿠루스 카나코가 건방진 얼굴로
실실 웃고 있었다. 순간 가슴이 두근거렸지만 당황하지 않고 침착

하게 대응하기로 했다.

어차피 '관심 없는 내' 얼굴 따윈 또 잊어버렸을 테니까.

"어서 와라. …미안한데 키리노는 집에 없어."

동생은 아침부터 아야세와 어딘가 나가고 없다.

자, 이제 볼일은 끝났지. 어서 돌아가버려.

그런 의도를 포함해 말하자,

"이히힛, 나도 알아."

카나코는 심술궂게 송곳니를 드러내 보였다.

"근데~ 오늘은 키리노가 아니라 키리노의 오빠를 만나러 온 건데요오~."

"뭐? 날?"

이 녀석이 나한테 무슨 볼일이 있어서?

고개를 갸웃거렸지만, 이어지는 녀석의 말에 그대로 얼어붙었다.

"또 만났네~. —매니저 씨♪"

"윽…?!"

이, 이 녀석…!

내가 동요한 걸 보고 카나코의 확신은 더욱 확실해졌다.

"아항— 역시 그랬었네."

큭, 들켰다…!

이럴 수가—.

카나코는 관심 없는 인간의 얼굴을 기억하지 않기 때문에 '매니저인 나'와 '키리노의 오빠'를 연결 짓지 못할 거라고 대수롭지 않게 생각했는데…!

머리를 굴리는 내 앞에서 카나코는 성격 나빠 보이는 탐정 같은 말투로 천천히 심문에 들어갔다.

"야… 이거… 어떻게 된 거야? 히힛."

"…사, 사정이 좀 있어서."

"왜 '키리노의 오빠'랑 '매니저'가 동일 인물인 건데?"

"윽…!"

핵심을 찌르다니!

뭐라고 대답하지…. 아야세의 부탁으로 카나코의 가짜 매니저를 연기했다—는 게 진상이긴 한데.

솔직히 말하면 줄줄이 덩굴식으로 키리노의 취미까지 들통날지도 모른다. 그건 아야세가 '키리노에게 줄 선물을 구하기 위한' 기획이었으니까.

―제길, 카나코 녀석…!

이를 악물고 고뇌하는 내게 카나코는 말했다.

"흐음~ 사연이 있나 보네. ―히힛, 매니저 사정이야 관심 없는 일이고~ 이대로 잊어줄 수도 있기는 한데~."

…저 심술궂은 얼굴 봐라.

"하지만 인간적으로~ 뭐가 있어도 좋은 거 아냐—?"

"…알았어. 내가 뭘 하면 되지?"

그런 대답밖에 할 수 없었다. 사태는 이미 나만의 문제가 아니니까.

'키리노의 비밀'이 들킬지도 모르는 위기 상황이기도 하다.

그러자 카나코는 기쁜 얼굴로 말했다.

"오오, 역시 말이 통하네~?"

당연하지. 이기적인 동생 덕분에 너희들이 무슨 말을 하고 싶은지 대충 보이거든. 체념의 한숨을 내쉬는 내게 절대적 우위에 선 카나코는 최초의 명령을 내렸다.

"그럼 먼저 이름을 가르쳐줘."

"쿄우스케. 코우사카 쿄우스케다."

"그럼 쿄우스케, 밥 먹으러 가자. 네가 사는 걸로."

"네, 네. 알겠습니다."

이때의 나는 어쩔 수 없이 못된 꼬마의 요구에 응하기로 했다.

처음 봤을 때 카나코의 인상은 최악이었고… 그 후 매니저로 대하는 동안 조금은 좋은 면도 있네 싶었고.

바로 지금, 다시 최악의 인상으로 돌아갔다.

그랬는데 세상에—.

인생이란 참 알 수 없는 거라니까.

—그렇게 해서.

나와 카나코는 근처 패밀리 레스토랑을 찾았다.

마주 보고 앉자 메뉴를 펼친 카나코는 순진한 목소리로 말했다.

"있지~ 카나코느은 햄버그 세트라앙 프루츠 파르페라앙 시라타마 안미츠라앙."

"적당히 해라. 너무 많아, 뚱땡아."

"뭐어?! 지금 뭐라고 했어?!"

"무슨 그런 어처구니없는 주문을 하고 있냐. 눈치도 볼 줄 몰라? 그러니까 네 배가 그렇게 쫀득쫀득한 거야."

“쫀득쫀득이라니!”

찔끔 눈물을 글썽이며 항의한다.

아무래도 내 지적이 약점을 콕 찍었나 보다.

카나코는 분하다는 얼굴로 낮게 웅얼거렸다.

“야—, 너… 네가 지금 어떤 입장인지 몰라?”

“잘 알지. 그래서 이렇게 밥 사주는 거 아냐. 감사히 여겨.”

“그게 아니라—.”

“뭐.”

“카나코가 기껏 약점을 잡았으니까… 좀 더… 뭐랄까 말이지.”

말을 흐리다가 카나코는 이런 요구를 해왔다.

“노예 같은 태도로 대해줬으면 좋겠는데.”

“너 무슨 그런 무서운 소리를 하고 그러냐.”

감탄스러울 정도다.

“그렇게까지 솔직하게 욕망을 말하는 애는 내 동생 빼곤 처음 보
네.”

절대 칭찬이 아닌데 카나코의 표정이 풀어졌다.

“카나코느은 뭐든 말 다 들어주는 남자가 갖고 싶었거드응.”

깜찍한 소릴 하고 있네.

“레이디를 상대하는 중이니까아~ 말투 좀 신경 써야지.”

“풋! 레이디ㅋㅋㅋㅋ”

보란 듯이 웃음을 터트렸다. 완전 웃음 버튼이 눌려버렸다.

“왜, 왜 웃어!”

“아냐, 안 웃어. 안 웃는다.”

“거짓말 마! 분명히 웃었잖아! 이봐! 지금도 푸풋 하고 웃고 있잖

아!”

“하하, 카나코 님은 귀여우시네.”

“어, 어린애 취급하지 마!”

얼굴을 빨갛게 물들이는 카나코. 나는 웃음의 여운을 누르며 말했다.

“주인님 취급하는 건데. 난 카나코 님의 노예니까요.”

“이 건방진 태도는 뭔데! 그런 노예가 어디 있어!”

크르릉~ 이를 드러내며 위협하는 카나코.

“제길~ 너, 뭐야. …매니저일 때도 그렇고 지금도 그렇고 입장은 내가 더 위거든?!”

“그래서 시키는 대로 따르고 있잖아. 뭐가 그렇게 마음에 안 들어서 그래?”

이해가 안 되는 꼬마네.

“크윽….”

뚱하니 입을 다문 카나코는 몇 초 뒤에.

“아~ 진짜~ 짜증나네! 크림 소다랑 치즈 케이크도 추가!”

“…‘짜증난’ 게 아니라 ‘허기진’ 거 아냐?”

아이돌 지망생이라면서 그렇게 먹어도 진짜 괜찮겠어?

“시끄러워! 각오하라고! 네 지갑을 텅텅 비워줄 테니까!”

“…하아.”

내 지갑만이 아니라 진심으로 걱정이 되기 시작하는데.

약 30분 후—.

"후우~ 잘 먹었다."

…우와아. 주문한 걸 다 먹었네.

…내 돈이….

카나코는 통통한 배를 통통 두드리며,

"잘 먹었어요♪ 쿄우스케 씨♡"

만족스러워하는 녀석의 모습에 나는 전율하며 말했다.

"…너 '아귀' 같은 배를 가졌구나."

"여자애한테 그런 말은 심하지 않나?"

"괜찮냐고 걱정하는 건데."

"흥, 이 정도는 여유거든."

"그리고 또 살찌고?"

"─뭐?"

날카롭게 노려보았지만 "아무것도 아냐" 하고 원만히 받아넘겼다. 그러자 카나코는 콧방귀를 뀌며 말했다.

"흥─ 야, 쿄우스케."

"왜?"

"앞으로 종종 불러낼 줄 알아. 알았지?"

"뭐어~? 지금 샀잖아?!"

이걸로 끝난 거 아니었냐! 대놓고 노 땡큐 태도를 보이자 카나코는 싸늘한 눈으로 "아, 그러셔" 하고 내뱉었다.

"흐음… 쿄우스케 너 그런 소릴 해도 되는 줄 아나 보지~? 카나코는 입의 지퍼가 자꾸 풀릴 거 같은데 말이지~."

"알았다! 알았어, 망할!"

제길… 이거 생각보다 위험한 상황인 거 아냐?

계속해서 뜯기는 돈줄이 된 기분이다.

아니, 그것보다 훨씬 더 안 좋네.

─왜 ‘키리노의 오빠’와 ‘매니저’가 같은 인물인 건데?

거절하면 카나코는 이 건을 깊이 추궁하고 들겠지─나를 괴롭히기 위해서!

키리노에게 따지고 묻거나 아는 애들에게 물어보거나 할지도 몰라─나를 괴롭히기 위해서! 그러면 최악의 경우 ‘키리노의 비밀’이 들킬 수도 있다.

하아~ 참 나! 이런 이런… 일이 귀찮아졌네.

그 뒤로─.

선언한 대로 카나코는 종종 나를 불러내게 되었다.

그것도 내 사정은 고려도 없이.

그날 정오.

나는 동생의 방에서 키리노와 마주보고 있었다.

코우사카 키리노. 겉모습만은 더럽게 귀여운, 내 시건방진 동생이다.

오늘은 어째선지 심각한 얼굴이었다.

“저기… 상담할 게 있는데.”

“오, 그 말도 오랜만에 듣네.”

“장난치지 마.”

“미안. 무슨 일인데?”

땀에 흠뻑 젖어 있는데… 애는 뭐가 무서워서 이러는데?

내가 묻자 키리노는 단적으로 '고민'을 꺼냈다.

"—아야세가 『시스터×시스터』를 빌려달래."

"풉."
뿜었다.
『시스터×시스터』라면 키리노가 좋아하는 에로 게임 말이지.
그걸 빌려달라고 했다니—저 아야세가! 키리노가 창백해지는 것
도 무리는 아닐 일이다.
경위를 알고 있는 나조차 놀랐으니까. 잘못 들은 줄 알았다.
"진짜?"
"진짜."
"……."
"……."
우리 남매 사이에 무거운 침묵이 깔렸다.
20초는 족히 지난 뒤.
"나… 어떡하면 좋지?"
"…으… 음."
그런 어려운 질문을 던지시다니….
그런데 이 문제에 있어선 나도 아무 상관없지가 않다. '키리노의
취미를 이해하고 싶다'고 고민하는 아야세에게 『시스터×시스터』를
가르쳐준 건 나니까.
키리노는 눈치채지 못한 것 같지만.
오타쿠 지식이라곤 전무한 아야세의 입에서 『시스터×시스터』라

는 단어가 튀어나온 시점에서 범인은 네 오빠밖에 더 있겠냐.

아니, 그런데… 아야세 녀석… 그 뒤로 혼자서 '오타쿠 극복 작전'을 계속하고 있었구나.

아야세의 노력에 나는 내심 경의를 표했다.

그래서일까, 나도 모르게 입에서 이런 말이 튀어나왔다.

"그, 그냥 빌려주지?"

"어떻게 그래?! 아니, 그보다 어떻게 아야세가 『시스터×시스터』를 알고 있는 건데?!"

그렇게 궁금해하지 마.

키리노는 갑자기 깨달았다는 듯이 나를 노려보았다.

"…네가 알려준 건 아니겠지."

"그럴 리가 없잖아."

미안, 키리노. 내가 불었다. 하지만 아야세는 이미 한 번 『시스터×시스터』를 플레이했으니까 괜찮지 않을까?

"시험 삼아 전연령판을 빌려줘보는 건 어때?"

"…괜찮을까?"

"그거야—."

동생을 안심시킬 말을 생각하고 있는데 내 전화기가 울리기 시작했다.

"미안, 전화다. —네."

전화기를 귀에 대자 들리는 익숙한 목소리.

『쿄우스케에? 나야, 나.』

"너냐."

물론 카나코다. 대뜸 지긋지긋하단 목소리가 튀어나왔다.

하지만 녀석은 내 반응에는 조금도 관심 없다는 듯이 요구를 들이댔다.

『쇼핑하는 데 따라 와~.』

이 망할 꼬마 녀석이… 이번엔 나한테 옷 뜯어내려고?

"…언젠데."

『뭐어~? 당연히 지금이지~?』

"…야, 나한테도 예정이란 게 있거든?"

『아, 그렇게 나오시겠다~? 쿄우스케 매니저 씨께서는~. 카나코오, 상처 받아쪄어~.』

"그래, 그래, 알았어, 알았다고! 가면 될 거 아냐!"

『역에서 기다릴겡♪』

귀여운 한마디를 남기고서 전화는 끊겼다.

"크… 윽…."

아~, 이거 본격적으로 귀찮은 여자한테 붙잡힌 것 같은데.

나는 황급히 일어섰다.

"미안, 키리노— 좀 나갔다 올게."

"뭐?! 내 얘기 안 끝났는데?!"

네 비밀을 지키기 위해서란 말이야! 설명은 못 하지만!

"아야세라면 괜찮을 거야. 친구를 믿어라."

"아무 말이나 막 하지!"

그러지 마.

키리노를 설득시키려면 이야기가 꽤 길어져야 하는데—

그때 다시 카나코에게서 연락이.

—『빨리 와』라고? 젠장…!

아아아악, 진짜! 할 수 없지!

"그럼 나 간다, 키리노!"

"아니…!"

나는 키리노의 비밀을 지키기 위해, 화내는 동생을 뒤로한 채 집을 나섰다.

치바역까지 전력 질주한 나는 페리에 치바 입구 앞에서 카나코와 합류했다.

숨이 차서 어깨가 절로 들썩여졌다.

"…하아, 하아, 하아…."

"늦었잖아. 몇 년을 기다리게 할 작정이냐, 너—."

"그렇게 화낼 것 같아서 뛰어왔잖아? 아직 10분도 안 됐는데."

"안 돼. 앞으로는— 카나코가 부르면 5분 안에 와. 알았냐?"

"네가 무슨 왕따 주동자냐!"

터무니없는 폭군을 향해 목소리를 높여보지만.

"히히힛—."

카나코는 오히려 기쁘다는 듯이 내 말을 받아들였다.

그러고선 찰싹 달라붙어서는.

"자, 가자고~ ♪"

"…왜 팔짱을 끼는 건데?"

"상이야, 노예에게 주는 상. 기쁘지?"

"아니, 딱히."

…애가 진짜 무슨 소릴 하는 거야?

진심으로 그렇게 생각했지만 카나코는 다 안다는 듯이 웃으며 말했다.

"무리하지 마! 다 아니까!"

"말이 안 통하는 녀석이네."

여기서 단호하게 말해두겠다—.

물론 카나코는 아이돌 지망생인 만큼 엄청 귀엽게 생기기는 했다.

하지만! 저어언~혀! 내 타입이 아니거든!

그러니까 달라붙어도 조금도 기쁘지 않다. 허세를 부리는 것도, 내가 츤데레여서도 아니라 정말로.

그냥 성가실 뿐이다. 참고로 덧붙이자면 여름이라 덥다.

이후로도 나는 카나코에게 끌려다니며 이것저것 사줘야 했고….

어느새 시간은 저녁 무렵이 되었다.

역 앞을 거닐며 카나코는 만족스럽게 나를 올려다보았다.

"그럼 이제 돌아갈까—. 아아~아무래도 좀 피곤하네—."

"…그렇게 놀았으니 당연히 피곤하겠지."

옷도 사바치고 오락실 비용도 제공하고….

나는 진지하게 말했다.

"너는 돈이 많이 드는 여자구나."

그러자 카나코는 순순히 고맙다는 말을 꺼냈다.

"오늘은 고마웠어! 또 놀자고—."

"이제는 사양하고 싶은데."

"매정한 소리 말고~."

난폭한 동아리 후배. 그녀는 그런 분위기로 내 등을 철썩철썩 때
렸다.

"야, 쿄우스케♪"

"어?"

피곤에 지쳐 대답하자, 카나코는─.

"사랑행♡"

오늘 보여준 것 중 최고의 미소를 내게 보여줬다.

그것만으로도 왠지 맥이 풀리고 말았다. 쓴웃음을 지으며 대답했
다.

"그래, 그래. 나도야."

네가 사랑하는 건 내가 아니라 내 지갑이잖아

그렇게 해서 종속의 시간은 계속되었다.

"안녕─."

오늘도 카나코는 나를 치바중앙역으로 불러냈다.

참 한가한 녀석이라니까.

다른 할 일도 없나─그런 감상을 가슴에 품으며 대답했다.

"안녕. 그런데… 오늘은 아침부터 무슨 일이야?"

"영화 보러 가자─."

"하아~."

보란 듯이 한숨을 쉬자 카나코는 불만스럽다는 듯이 입술을 삐죽

거렸다.

"야, 그 태도는 뭐야? 이렇게 귀여운 애가 불러줬는데— 좀 더 기쁜 표정 못 지어?"

못 짓겠는데. 왜냐하면….

나는 한숨을 쉰 이유를 마지못해 설명해줬다.

"저기… 이거 좀 데이트 같지 않냐?"

"뭐, 뭐어?!"

카나코는 강렬하게 반응했다. 화가 나서 그런지 얼굴을 빨갛게 붉히며 목소리를 높였다.

"재수 없어, 무슨 소릴 하는 거야! 뭐, 그그그, 그래, 뭐 요새 줄—곧 너랑만 놀아주고 있기는 한데!"

어, 그게 그러니까, 하고 몇 초 동안 말문이 막히더니.

"이, 이게 다 네가 노예니까, 카나코는 주인님이잖아! …잊지 마라?"

"…그래."

"알았으면 됐어. 그럼 오늘 볼 영화는 이거다?"

그러더니 카나코는 내게 팸플릿을 내밀었다.

나는 그걸 넘겨보고 짧은 감상을 말했다.

"…연애 영화냐."

"부, 불만 있어?"

"없어, 당연히 없지요. 불만이 있을 리가요, 카나코 님."

자포자기 모드여서 그런지 평소에는 꺼내지도 않을 말이 내 입에서 튀어나왔다.

"아예 저번처럼 또 팔짱 끼고 가실까요? 영화관까지."

"어, 어딜 나대! 요전의 그건 상이거든, 매번 서비스해줄 순 없거든!"

네, 네. 그러십니까.

귀엽게 화난 모습을 보게 되어 조금은 속이 후련해졌다.

2시간 후.

우리는 치바중앙역 옆에 위치한 영화관에서 나오고 있었다.

"아아, 재미있었다―! 그런 거 좋지 않냐? 어, 응? 좋지 않아?"

신나서 말을 거는 카나코. 이렇게 순수하게 기뻐하니 나도 기분이 나쁘진 않았다.

"…너, 그렇게 클리셰 범벅인 연애 영화를 좋아하는구나."

"그, 그럼 안 되냐?"

뭐, 솔직히 의외이긴 했지만….

"아니, 안 될 거 없지 않나? 로맨틱해서 좋은 것 같은데."

"…시끄러."

뭘 쑥스러워하고 그래.

"현실에선 그런 전개는 있을 수 없잖아. 그런 커플이 어디 있어. 바보라도 알걸, 그런 건 다 가짜고 거짓말이라고 말이야. 하지만."

키득, 하고 지금까지와는 다른 미소를 짓는다.

"그게 좋은 거야."

"…헤에."

첫 계기는 이때였을지도 모르겠다.

"남자도, 여자도 좋은 인간이고 서로를 너무너무 좋아하고 마지막까지 함께하는 거지. 허구의 이야기라면 그래도 좋잖아."

이때만큼은 카나코가 연하의 꼬마로 보이지 않았다.

훨씬 나이 많은, 어른스러운 여성처럼 보였다.

나는 무심히 물었다.

"너 남자친구 사귄 적 있어?"

"…뭐야? 궁금해?"

"그렇지."

"…흐음—."

카나코는 내게서 시선을 돌려 아득히 먼 곳을 응시했다.

"없어."

"…어?"

"…뭘 놀라고 그래."

"연애 경험 풍부한 줄 알았는데. 키리노한테 네 무용담을 들었거든."

"아아, 남자한테 선물 받아냈다느니, 얻어먹었다느니, 그런 거 말이지?"

"응."

"그런 건 남자친구 아니거든. 같이 놀아줬을 뿐이지."

…위험한 아이네.

"그러니까 남자친구는 사귄 적 없어."

"흐음."

나는 의식적으로 관심 없다는 듯이 콧소리를 냈다. 그러자 카나코가 놀리듯이 묻는다.

"…안심했어?"

"뭐? 왜?"

“킬킬킬.”

다 보인다는 듯이 웃는다.

…왜 저래. 아무 일 없다니까.

나는 “어흠” 하고 과장되게 헛기침을 한 뒤 변명이 아닌 솔직한 마음을 말했다.

“…그런 행동은 적당히 해. 잘 알지도 못하는 남자랑 단둘이 있거나 하면 위험하니까— 뭐, 내가 할 말은 아닌가.”

바로 지금 내가 ‘놀아주고 있는’ 대상이니 말이다….

카나코는 내 얼굴을 가리키며 큰소리로 말했다.

“으하하하, 아저씨 같은 소리 하고 있네—.”

그래, 내가 들어도 아버지나 할 법한 소리긴 했다.

진심 어린 충고였는데— 라고 체념 섞인 한숨을 내쉬었다.

그러자.

“이제 안 해.”

“뭐?”

“—지금은 온순한 노예가 있으니까.”

“그거… 다행이네.”

평화로운 침묵. 카나코는 내 곁에서 벗어나 두 팔을 벌리고 저녁놀을 우러러보았다.

“아— 어쨌든 재미있었어~. 좋겠다— 카나코도 그런 거 하고 싶다아아.”

“그런 거?”

“키스.”

“풉.”

뿜었다.

내 허를 찌른 카나코는 더 큰 폭탄 발언을 이어 나갔다.

“여기라면 사람도 많으니까 아까 그 영화 장면이랑 똑같지 않나.”

카나코가 말하는 건—

—저녁놀 물든 시내에서 뜨거운 키스를 나누는 장면이었다.

“해볼래?”

“하겠냐!”

이, 바, 바보야!

“뭐 어때. 쪽— 하고. 이것저것 사준 거에 대한 답례로.”

“안 해—!”

장난치지 마! 그런 짓, 할 수 있을 것 같냐!

“사실은 하고 싶지? 이런 기회는 평생 없을지도 모르는데?”

“안 해.”

“…쳇, 안 받아주네.”

나의 당연한 대응에 카나코는 기분 나빠했다.

“…그럼 명령.”

“…뭐, 뭐라고?”

“키스 안 하면 말해버릴 거야.”

기가 막힌 명령이었다.

내가 입막음하고 있는 건 ‘키리노의 비밀’로 이어질 수 있는 중요
한 것. 그렇기 때문에 나는 카나코에게 절대 복종해 온 거였다.

그런데…!

"너—."
나는 발끈하려다가,

"—마음대로 해."

차갑게 내던지듯 말했다.
"어, 어?"
"말하고 싶으면 말해. 보자보자 하니까 진짜. 더는 상대 못 해주
겠네."
나의 첫 반대에 카나코는 무척 놀란 듯했지만—내가 알 바냐!
아무래도 나는 무척 화가 난 상태인 것 같다.
"좋아하지도 않는 상대한테 그런 소리 하는 거 아냐."
"뭐! 너…!"
"왜."
평화로웠던 분위기는 이제 최악으로 바뀌었다.
우리는 험악하게 서로를 노려보다가—.
"바보 아냐! 이제 너 따윈 나도 몰라! 두고 보라고!"
그 말을 남기고서 카나코는 뛰어가버렸다.

며칠이 지났다.
그 이후로 카나코의 호출은 없었다. 정신없이 바빴던 날들은 갑
자기 끝이 났다.
하지만 물론 평온이 돌아온 건 아니다.

…말하고 싶으면 말해, 그렇게 큰소리를 치긴 했지만.

나는 내심 상당히 쫄아 있었다.

그래서일까. 초인종 소리가 들린 순간, 펄쩍 뛰어오르고 말았다.

시간 간격도 거의 없이 초인종을 연타하는 건 녀석의 버릇이다.

나는 계단을 내려가 현관문을 열었다.

그곳에는 예상했던 대로 카나코가 있었다.

"…어서 와."

"안녕하세요~♪ 키리노 있나요오?"

가식으로 가득 찬 목소리.

남을 대하는 듯한 목소리.

나는 조금 개운치 않은 기분을 느끼며 대응했다.

"자기 방에 있어. ─올라가 봐."

"실례합니다아."

더 이상의 대화 없이 카나코는 2층─키리노 방을 향해 계단을 올라갔다.

"……."

그냥 놀러 온… 건가?

나는 걱정이 되어 카나코의 뒤를 쫓듯 2층으로 올라갔다.

"키리노~ 주스랑 과자 가져왔다~."

대답도 기다리지 않고 문을 열었다.

그리고 동생 방에서는 상상을 초월하는 전개가 나를 기다리고 있었다.

"헤에─ 그렇구나~."

“…윽.”

“키리노는 오타쿠였구나아.”

“뭐….”

어떻게 된 상황이지! 이게…!

두 사람은 방 중앙에 선 채 마주보고 있었다.

“아, ‘키리노 오빠’ 안녕하세요.”

카나코가 나를 보고서 기분 나쁜 웃음을 히죽 웃는다.

“지금 있지? 키리노한테서 오빠가 왜 카나코의 매니저 일을 했는지 알아내고 있던 참이었는데에.”

“…윽.”

“그랬더니 키리노가 멋대로 자폭을 해버려서 많은 이야기를 듣게 되어버렸네♪”

“아, 아니라니까!”

두 손을 격렬하게 저으며 변명하는 키리노.

“어? 하지만 그때 우승 상품… 무슨무슨 메루루 피겨였던가? 그거 지금 키리노가 갖고 있잖아~? 아야세가 선물해준 거지?”

“그, 그건 그렇긴 하네… 그러니까… 그건….”

키리노…, 너는 어쩜 이렇게 거짓말을 못 하니.

카나코는 내가 매니저를 했던 건에 대해 캐물으려고 온 것뿐인데—.

우리 동생은 스스로 무덤을 파서 오타쿠 취미를 폭로하고 만 거냐.

“키히힛, 포기하시지. 이제 스토리 다 정리됐으니까.”

카나코는 손을 꼼지락거리며 사악한 미소와 함께 키리노에게 다가갔다.

나는 소녀들 사이로 끼어들었다.

"그쯤 해둬."

"아, 아직도 있었구나. 쳇, 쫄보는 꺼져 있어."

…카나코 자식. 아직도 앙심을 품고 있구나.

으음… 어떻게든 수습하고 싶은데….

…좋은 생각이 떠오르질 않는다….

잠시 틈을 뒀다가 키리노가 입을 열었다. 카나코를 향해, 고개를 숙인 채.

"…고 생각해?"

"뭐?"

"…그러니까… 내가 오타쿠면… 이상하다고 생각하냐고!"

키리노의 절실한 질문에 카나코는―.

"뭐어? 당연하지."

이 망할 꼬마가 조금도 망설이지 않고 단언했다!

"아니, 그런 거면 카나코 스테이지에 오는 기분 나쁜 오타쿠랑 동류란 소리잖아?"

카나코는 낮고 무서운 목소리로 말했다.

"키리노― 너 진짜 기분 나빠."

"…윽!"

키리노는 아랫입술을 세게 깨물었다. 나는 지켜볼 수가 없어서 대들었다.

"야!"

"뭐야? 왜 화내? 기분 나쁜 걸 기분 나쁘다고 한 게 뭐가 문젠데."

"아무리 그래도!"

"아니, 그렇다면 그렇다고 빨리 말을 했어야지. 그러면 여름 코믹 마켓 스테이지에 좋은 자리 챙겨줬을 텐데—."

"뭐?"

키리노가 당황해 소리를 흘렸다. 나도 눈을 크게 뜨고 카나코를 쳐다보았다.

아니, 그치만 이게 얘기 흐름이, 갑자기 바뀐 것 같잖아….

어떻게 된 거지? 카나코 너, 지금, 뭐라고 했냐?

"그러니까— 좋아하는 거 아냐, 메루루. 카나코가아 메루루를 닮았다더라고—. 그래서 코스프레하고 무대에 오르면 다들 엄청 좋아한단 말이지, 메루루 팬인 오타쿠 친구들이."

"그, 그게 아니라! 어째서…?"

키리노는 고개를 저은 뒤 다시 절실한 목소리로 물었다.

"어떻게 그렇게… 태연하게 대하는 건데? 지금— 기분 나쁘다고 했잖아!"

카나코의 대답은 짧았다.

"뭐, 친구니까."

무뚝뚝한 한 마디. 아주 살짝 평소보다 부드러운 목소리.

"—카나코."

그게 키리노에게 얼마나 큰 구원이 되었을까.

“아아— 요새 키리노가 날 보는 눈이 수상하다 싶더라니—. 묘하게 끈적거리고 말이지—.”

히힛, 송곳니를 드러내며 웃더니.

“그런 거였구나, 이제야 납득이 되네. 너 진짜 기분 나빠. 이게 키리노가 아니라 다른 녀석이었으면 바로 절교했을 거다.”

그러더니 뚱한 목소리로 말을 잇는다.

“…그것뿐이야.”

침묵이 방을 가득 채웠다.

“…….”

“…….”

나도, 키리노도 우두커니 서 있을 뿐이었다. 그 뒤로 몇 초가 더 흐르고….

“…풋.”

사태를 파악한 나는 카나코의 머리에 손을 얹고 마구 헝클어트렸다.

“우왓?! 갑자기 왜 이래!”

“너 남자답구나. —꼬마 주제에.”

“무슨 소리야! 나 놀리는 거지!”

“그럴 리가.”

“앞으로도 키리노를 잘 부탁한다.”

“…흥.”

쿠루스 카나코.

나는 이 녀석을 조금 오해하고 있는지도 모르겠다.

그날 저녁. 내가 방에서 공부하고 있는데 카나코에게서 전화가
걸려 왔다.

"네."

『…나.』

"너냐. …오랜만에 전화한다?"

『…응.』

"또 '노예' 호출이냐?"

『…아니, …그게 아니라.』

시건방진 기세는 사라지고 카나코답지 않게 얌전한 목소리다.

『…저기… 있지… 쿄우스케.』

…얘가 왜 이래.

"왜?"

『…아직도 화났어?』

"무슨 소리야?"

『…요전에 '키스 안 하면 말해버린다'고 명령한 거.』

"아아."

그거 말이었냐.

머릿속에서 대화 흐름을 정리하고 있는데 작게 들리는 한마디….

『미안.』

"……."

얘, 얘 어디 아픈가? 왜 이리 얌전해.

덩달아 나까지 반응이 부드럽게 나왔다.

"이제 화 안 났어."

『…진짜?』

"그래, 진짜."

『…다행이다.』

…이렇게 얌전히 굴면 이 녀석도 귀여—.

『그럼 다음 명령이야!』

"—그럴 줄 알았다!"

『키히히히히힛.』

전화기 너머로 들리는 웃음소리는 평소의 기세를 되찾은 모습이었다.

하여간… 이 자식.

'카나코 님의 명령'을 받고 전화를 끊은 나는 쓴웃음을 지으며 다시 공부에 집중했다.

신기하게도—집중이 무척 잘 됐다.

그렇게 해서 며칠 후. 나는 UDX 스테이지 대기실에 있다.

카나코의 다음 명령은. 나보고 다시 매니저가 되어 스테이지 서포트를 하라는 것이었다.

…일이 어쩌다 이렇게 된 거냐.

왜 나는 이런 데서 '동생의 친구'가 옷 갈아입는 걸 기다리고 있는 걸까….

할 일도 딱히 없고 해서 커튼 너머에서 옷을 갈아입고 있는 카나코에게 말을 걸어보았다.

"야."

"왜에―?"

"왜 날 부른 거냐? 내가 아무 도움이 안 된다는 건 네가 잘 알고 있을 텐데."

"꼭 그런 것도 아니거든."

"뭐?"

"네가 없어진 뒤로 몇 번 무대에 섰었는데."

잠시 말을 쉬었다가.

"…있는 게 좋아."

"…그거 고맙네."

아무래도 이 녀석… 내 업무 능력을 높이 평가해주고 있나 보다.

조금 쑥스럽구만.

"야, 카나코. 메루루 스테이지 이달에 두 번째잖아. 여름 코믹 마켓 때도 했었고. 너무 많은 거 아냐?"

"응, 새 시리즈가 시작될 거래."

"헤에…. 그러고 보니 브리짓은 같이 안 해?"

"같이 해. 옆 대기실에 있어."

브리짓은 카나코와 콤비로 메루루 코스프레 스테이지에 출연하는 금발 소녀다. 여러 일들이 있어 카나코를 언니처럼 따르는 가엾은 아이다.

"왜 너랑 브리짓이 따로 대기실을 쓰는 거냐?"

“몰라―.”

“흐음, 그래도 이상하지 않냐. 지금까지는 같이 썼잖아.”

“…시끄러워. 그게 뭐 그렇게 중요하다고 따지고 그래. 그렇게 브리짓 보고 싶어? 역시 롤리콤이지, 너.”

애는 왜 화를 내고 그래.

그런 대화를 하는 사이에 옷을 다 갈아입은 듯했다.

“됐다, 이 정도면 되겠지.”

커튼이 열리고 메루루로 변한 카나코가 모습을 드러냈다.

“짜잔―, 어때!”

“흐음….”

새삼 살펴보았다. 메루루란 말하자면 마법 소녀다.

핑크색 나풀나풀한 의상에 귀여운 디자인의 스틱을 들고 있다. 현실에서 코스프레하기엔 조금 노출이 많은 의상이다. 진짜 어린애한테 입히면 문제가 될지도 모르겠다.

“그 의상이 세상에서 제일 잘 어울리는 사람은 틀림없이 너야.”

“뭐, 그렇지. 으헷… 그렇게 칭찬하지 마, 쑥스럽잖아.”

“메루루는 초등학생이지만.”

“야.”

그 복장을 하고 험악한 목소리 내지 마라.

“이래 봬도 성장한 거거든!”

“어디가?”

“뭐… 자, 자세히 봐봐, 여기.”

온몸을 과시하듯이 서서히 다가오는 카나코.

그러더니 그라비아 아이돌 같은 섹시 포즈를 선 보인다.

"자, 자."

"…야, 야."

그렇게 야한 옷을 입고 무슨 짓을 하는 거야. 하여간 얜 이래서 애라니까.

이 녀석을 상대로 야한 느낌이 들겠냐고—.

이 광경을 누가 보면 엄청난 오해를 살 것 같다.

"적당히 좀 하라고… 어?"

나는 '어떤 사실'을 깨닫고 놀라움을 표하는 소리를 냈다.

"응? 왜, 쿄우스케?"

"아니, 너… 가슴이 좀 생긴 것 같은데?"

"뭐, 진짜?"

희색이 만연한 반응에 나는 확실하게 보장해줬다.

"응, 아주 조금."

"아싸아아아아아아아!"

경중거리며 기뻐한다.

"우유 파워 GOOOOOOOOOOOOOOOD!! 아자, 아자… 역시 카나코의 성장기는 이제부터였어~ 하핫♪ 두고 보라지, 자식들~, 내가 아주 우스웠지~."

"잘됐네."

"그럼!"

신나서 하이파이브를 한다.

"완전 기뻐… 아하♪ 뭐, 아직 작긴 하지만—."

거기서 문득 제정신을 되찾고 새빨개져서 팔로 자기 몸을 끌어안는다.

"앗?! ~윽! 너, 너, 어딜 보는 거야!"

"네 가슴."

"말하지 마! 이 에로 변태! 롤리콤!"

"누구 보고 롤리콤이란 거야. 네 가슴엔 관심 없거든."

"뭐! …감히 그런 소릴 했겠다."

"했는데 뭐?"

"흐음~."

"왜, 왜?"

눈을 가늘게 모은 카나코는 멍하니 낮은 목소리로 말했다.

"그럼 사실인지 아닌지 확인해야겠네. 손 좀 줘봐."

"뭐?"

"어서."

"야, 야…!"

당황하는 내 손을 잡은 카나코는 그대로 그걸 자기 가슴에 가볍게 댔다.

"?! 어, 어디다 손을 가져가는 거야~?!"

"히힛, 동요하기는."

"…윽… 너… 그거…."

동요 안 하겠냐! '조금 가슴이 생겼다'는 걸 직접 확인시키는데!

"카나코 같은 롤리타 소녀한텐 관심 없다며? 아니면 진짜 롤리콤이었어?"

"아, 아냐!"

"그럼 괜찮잖아. 우후훗♡"

난 카나코에게 잡힌 손을 뿌리쳤지만, 녀석은 장난을 그만둘 마음이 없는 것 같았다.

"가, 가까이 오지 마라."

"으응~? 왜에~?"

카나코는 평소의 못된 꼬마 같은 모습은 어디 갖다 버린 것처럼—요염한 분위기를 풍기고 있었다.

"어때… 쿄우스케에. …카나코가 싫어?"

"…?! 노, 놀리지 마."

아니… 이럴 수가… 나는 절대 롤리콤이 아니다!

젠장! 그런데 왜 카나코 따위에게 심장이 두근거리는 거냐고…!

나는 발을 구르며 후퇴하다 벽으로 내몰렸다.

"너무 가깝잖아… 거리가…!"

카나코는 내 넥타이를 잡고 얼굴을 끌어당기더니.

"가까이 다가가니까♪ …얼굴 빨갛다?"

"너, 너도….

"……."

"……."

뭐, 뭐지, 이 묘한 침묵은….

"…꿀꺽."

마치 지금부터 키스를 할 것 같은 자세에 나도 모르게 소리 나게 침을 삼킨 순간—.

"풋."

"꺄하하하하!"

코앞에서 폭소를 터트린다.

"…어?"

"얼굴이 그게 뭐야. 진지하게 받아들였어? 귀엽게 당황하기는♪ 역시 롤리콤이었어?"

"큭…?! 너 진짜…! 너 진짜…! 적당히 좀…!"

끼익.

대기실 문이 열렸다.

"카나카나, 이제 나갈 순서야— …어."

"?!"

우리는 반사적으로 소리가 난 쪽을 쳐다보았다. 문에서 등장한 것은 메루루의 라이벌인 알파의 코스프레를 한 금발 소녀. 조금 전에 화제에 올랐던 브리짓이다.

파트너인 카나코를 부르러 온 거였다.

그녀는 키스 직전으로밖에 안 보이는 상황을 목격하고 1초간 정지. 그러고선.

"아앗—?!"

그래, 그래. 매니저와 언니의 러브신을 목격하면 이런 반응을 보이겠지!

그런 궁지 속에서 카나코만이 차분했다.

"지금 바빠— 조금만 기다려."

"브, 브리짓… 이건 아니야, 여기엔 깊은 사정이…?!"

"죄, 죄송합니다!"

쾅! 힘차게 문이 닫힌다.

브리짓은 귀까지 빨개져서 도망치고 말았다.

"야, 카나코! 비켜! 빨리 쫓아가야지, 분명히 오해했다고, 지금!"

"뭐 어때. 오해하게 둬."

"뭐어?!"

"아예 진짜로 만들어버리면 되잖아?"

그렇게 말하면서 카나코는 더욱 얼굴을 가까이 들이대더니—.

"…해버렸네."

부드러운 입술의 감촉.

사고가 새하얗게 물들었다.

무슨 일이 일어났는지 이해하기까지 상당한 시간이 걸렸다.

"너, 너… 너… 지금."

제정신을 차린 뒤에도 목소리는 여전히 떨리고 말도 제대로 나오지 않았다.

"…저기."

혼란에서 벗어나지 못하고 있는 내게 카나코는 코가 닿을 듯한 거리에서 말했다.

"…지난번 일도, 지금 이것도… 넌 늘 놀리는 거라고 생각했을지 모르지만."

응시하는 눈동자가 촉촉하다.

"난, 바보라서."

한 마디씩 천천히.

"그런 짓, 못 하거든."

실수하지 않도록 또박또박 끊어가면서.

“…전부, 진짜라고.”

“…쿄우스케를, 좋아해.”

솔직하게 마음을 전해왔다.
갑작스러운 고백에 내 머리는 그대로 굳은 채로 뜨겁게 끓고만
있었다.
카나코의 입에서 튀어나온 진지한 말이 내 마음을 녹인다.
“…처음 봤을 때 기억해?”
물론이지.
네가 키리노와 놀려고 우리 집에 왔던 그때.
“…최악의 만남이었던 것 같은데.”
“헤헷… 그렇지.”
“평범하다느니 10년 후에 중소기업 과장이나 할 거라느니, 지독
한 말을 쏟아부었지.”
나를 감싸준 건 아야세뿐이었고.
동생의 친구인 꼬마들은 나를 마구 헐뜯고 깎아내렸다.
“지금도 그렇게 생각해.”
“그럼.”
“…어쩔 수 없잖아. 왜 이렇게 됐는지… 정말 모르겠지만.”
히힛, 하고 웃더니.
“좋아하니까.”
정말로 한참 후의 일이지만.
돌이켜 보면 사랑에 빠진 건 이 순간이었다.

새빨간 얼굴로 수줍어하는 카나코의 얼굴을 보고—
그만 나는 이런 생각을 하고 말았으니까.

내 여동생의 친구가 이렇게 귀여울 리가 없어.

제2장

—우리 사귀자.
—어, 그럴까.

나도, 카나코도 상대에게 반했다는 걸 자각하고 있었기 때문일까.

고백의 말도, 그걸 받아들이는 말도 담백했다.

서로 마음이 통한다, 라고 하나… 표현은 잘 못 하겠지만….

그러는 게 자연스럽다고 느꼈다.

그때, 그 순간은 말이지.

하지만! 집에 돌아와 진정하고 나니 너무나 곤혹스러웠다.

—우워어어! 나, 카나코랑 사귀게 됐네!

—도대체 어쩌다 이렇게 된 거지?

몇 번이고 계속해서 자문자답을 하게 될 만큼.

물론 나는 지금까지 여자친구를 사귄 적도 없는 지극히 평범한 남고생이고.

가벼운 마음으로 사귀어볼까, 일단 시험해볼까, 그런 경박한 생각은 전혀 없었다.

자신 있게 단언할 수 있다.

나는 카나코를 좋아하니까, 엄청나게 반했으니까 고백에 OK를 한 거라고.

그렇지 않다면 실례잖아. 카나코한테도, 나 자신에게도.

그럼 내가 뭐에 이렇게 곤혹스러워하고 있냐 하면.

왜 그 녀석한테 반했는지 나도 잘 모르겠으니까.

그래서 곤혹스러운 거다.

아니, 동생 친구잖아? 동생하고 동갑이라고?

그냥 연하인 것보다 훨씬 거부감이 있어야 하는 거 아냐, 보통은.

…아아… 나도 알아. 아야세는 뭐냐고 생각들 하겠지.

그건, 아야세는 별개니까.

그 정도로 여러 의미로 우수한데 나이가 어리단 건 사소한 문제밖에 더 되겠냐고.

하지만 카나코는 말이지….

미소녀이긴 한데 솔직히 말해서 내 취향하고는 동떨어졌다.

성격 나쁜 망할 꼬마라는 인상도 강하다.

뭐, 그래도 말이지.

키리노의 취미를 쉽게 받아들여주는 넓은 도량—도 그렇고.

남을 잘 챙기는 두목 기질의 성격—도 그렇고.

의외로 어른스러운 생각—도 그렇고.

나쁜 인상을 뒤집을 계기는 여러 번 있었다.

매력적인 이성으로 의식할 계기는 있었다.

몇 번이고.

…….

아니, 아냐아냐아냐아냐, 그건 아니지. 아니야. 그건 아닐 거야.

그래, 난 스스로도 모르겠는 거다.

어째서 그 녀석하고 사귀게 된 건지.

어째서 그 녀석의 고백에 바로 OK를 해버린 건지.

자문자답을 해도 모르겠다.

도대체 난 언제 그 녀석한테 반한 거냐!

만약 내 생각을 읽는 녀석이 있다 해도 그 녀석도 모를 거다.

나와 카나코가 사귀게 된 이유를 모르겠다. 너무 엉뚱하다— 그런 감상을 다들 가질 거다. …그렇지?

아니, 애초에!

카나코는 왜 나를 좋아하게 된 거냐고!

내가 그 녀석 앞에서 뭐 멋진 모습을 보여준 게 있었나?

그 녀석도 이렇게 말했잖아—.

—…어쩔 수 없잖아. 왜 이렇게 됐는지… 정말 모르겠지만.
—좋아하니까.

기억을 떠올리니 얼굴이 화끈화끈 뜨겁게 달아올랐다.

"아악, 젠장."

머리를 벅벅 긁는다.

"…하아."

인정하자. 이유는 모르겠지만—너무 많아서 특정할 수가 없지만—.

아무래도 진짜로 나는 그 녀석에게 반해버린 것 같다.

완전히 마음을 빼앗기고 사랑에 빠져버리고 만 것 같다.

자문자답을 통해 얻은 것은 오직 하나, 그런 자명한 답밖에 없었다.

광대한 하늘. 하얀 모래사장. 파란 바다.

여름방학도 얼마 남지 않은 어느 날. 우리는 바다에 와 있다.

발로 밟는 모래는 프라이팬처럼 뜨거워서 비치 샌들이 녹는 건 아닐까 걱정이 될 정도다.

가려주는 것 하나 없는 햇빛이 쏟아지는 가운데 나는 여자친구를 기다리고 있었다.

내 여자친구의 이름은—

쿠루스 카나코.

"그 녀석하고 사귀게 될 줄이야."

인생이란 참 모르는 거다.

몇 번째인지도 셀 수 없는 생각에 잠긴다.

"……."

귀여운 여자친구와 처음으로 바다 데이트.

건전한 남고생 입장에선 어떤 수영복을 입고 올까 설레는 상황이다.

"…하지만… 카나코니까."

뭐, 조금은 기대를 가져 보기로 하자.

본인이 보면 화낼 법한 태도로 기다린다.

"덥다… 이렇게 더운데 얼마나 더 기다려야 하는 거야."

이글이글, 머리가 타들어가는 감촉.

마른 목이 바짝 달라붙는 불쾌한 느낌을 꾹 참고 계속 기다린다.

기다린다, 기다린다… 기다린다—….

"너무 늦잖아!"

마침내 나는 파란 하늘을 향해 소리쳤다.

더워죽겠는데~! 옷 갈아입는 거라고 해봤자 옷 벗고 천 조각 걸치고 나오는 게 다잖아?

그 망할 꼬마가 장난하나.

"…못 참겠다."

마실 거라도 사와야지.

나는 자리에서 벗어나 바다의 집으로 갔다.

"라무네 두 개 주세요."

"고맙습니다—."

이렇게 오래 기다리고 있는 상황에서도 여자친구가 마실 주스까지 사는 나란 인간은 정말로 훌륭한 남자친구라 아니할 수 없을 거다.

모래사장으로 돌아가면서 라무네로 목을 축인다.

"하아~ 맛있어!"

이제 좀 살 것 같다. 어서 그 녀석한테도 줘야지— 생각하며 앞을 보았다.

그리고—

"…어…."

엄청난 광경을 발견하고 말았다. 게임이라면 스틸 컷 한 장으로 나타낼 수 있는 그걸 어떻게 말로 표현할까.

처음 느낌엔 이렇게 보였다.

내 여자친구의 목이 모래사장 위에 드러나 있었다.

"아니, 너 뭐 하냐?!"

나는 공포영화의 한 장면이 되어 있는 카나코에게 놀라 달려갔다. 가만히 보니 녀석의 목 아래는 모래사장에 파묻혀 있었다.

해수욕의 벌칙 게임에서 하는 그런 가벼운 수준이 아니었다.

땅 깊숙이 생매장된 상태였다.

"쿄우스케에~!"

목만 남은 카나코가 우스꽝스럽게 소리친다.

"왜 이렇게 늦었어~! 어서 빨리 구해줘~!"

"…왜 파묻혀 있는 거야? 네 취미냐?"

"그럴 리가 없잖아―! 파묻힌 거야!"

고개를 도리도리 저어 능숙하게 파도를 피한다.

미안, 나 웃음 나올 거 같아.

"어서 빨리 좀 해! 녀석이 돌아온다고!"

"…녀석?"

'녀석'이 누군데?

내 귀여운 여자친구를 모래사장에 파묻다니.

그런 녀석은 내가 혼쭐을―.

"―오빠네요."

““으히익?!””
큰소리친 순간, 뒤에서 들린 목소리에 펄쩍 놀라는 나&카나코.
어쩔 수 없었다. 우리 뇌리에 깊이 각인되어 있으니까.
이 목소리에 거역하면 무서운 일을 겪게 된다고.
“아, 아아아아, 아야세?! 여긴 어떻게?!”
그렇다.
목소리의 주인은 우리가 잘 아는 바로 그 녀석이었다.
아라가키 아야세. 카나코의 같은 반 친구이자 내 입장에서도 올여름 전반부를 함께 보낸 상대.
수영복 위에 한 장을 더 걸친 게 전부인 너무나 매력적인 모습.
이 책이 카나코 if가 아니었다면 많은 지면을 할애해 묘사되었을 거다.
우리를 순식간에 두려움에 떨게 만든 아야세였지만, 의외로 목소리는 온화했다.
“이 근처에서 촬영이 있었거든요. 그런데—우연히 카나코를 봤지 뭐예요.”
“아, 그렇구나.”
생명의 위기는 없을 것 같아 나도 가슴을 쓸어내렸다.
“우연이었어요. 그치, 카나코?”
“…으으.”
하지만 카나코는 여전히 잔뜩 겁에 질려 있다. 나는 핵심을 찔렀다.
“…야, 아야세… 카나코는,… 왜 이런 상태가 된 거냐?”
“…알고 싶어요?”

미소가 무서운데.

"으, 응."

"…좋아요. …이런 일이 있었거든요."

그렇게 아야세는 이야기를 시작했다.

내가 라무네를 사려고 이 자리를 벗어났던 그때.

마침내 옷을 다 갈아입고서 모래사장으로 나온 카나코는 우연히 아야세와 마주치게 되었다.

"어? 카나코?"

"오, 아야세잖아. 여긴 어쩐 일이야, 촬영?"

"응, 그렇지. 카나코는??"

"푸풋…. 말해줄까 말까~. …궁금해?"

열받게 하는 얼굴로 그렇게 말했다고 한다. 그래서 아야세는.

"별로 안 궁금한데… 친구랑 바다에 놀러 왔어?"

"땡~ 틀렸네요—. 으히히히히히."

"그러면 쿠루스 씨, 이제 학교에서도 말 걸지 말아주세요, 알았죠?"

"화내지 마! 왜 그렇게 참을성이 없니?"

"어? 지금 뭐라고 했나요, 쿠루스 씨? 뭐요, 뭐요? 숙제는 이제 안 도와줘도 괜찮다고요?"

"아야세 니임! 용서해주세요! 말할게! 말한다고!"

역학 관계가 너무 확연하다….

아야세한테 울며 매달리기가 무섭게 순식간에 돌변해 들뜬 목소리로—

"에헤헷~ 카나코는 있찌, 오느을, 데이트를 하거드응~ ♪"

자랑을 했다고 한다.

카, 카나코 녀석…. 듣는 내가 다 닭살 돋잖아!

얼굴이 화끈거리니까 어서 다음 이야기로 넘어가자.

의기양양해하는 카나코를 보고 아야세는 무척 놀랐다고 한다.

"뭐어?! 데이트?! 카나코가?!"

"응!"

"그렇구나. 카나코— 남자친구 생겼구나."

"…응."

"혹시 첫 남자친구인 거야?"

"그, 그렇지."

"역시! 축하해! 잘됐다!"

쑥스러워하는 카나코가 귀여워서 아야세는 솔직하게 축하의 말을 건넸다.

그러자 카나코는 더욱 부끄러워하면서.

"너, 너무 좋아한다!"

"그야 나도 기쁘니까 그렇지. …카나코 남자친구는 어떤 사람이야?"

아야세의 질문에 카나코는 부끄러워하면서도 솔직하게 대답하기 시작했다고 한다.

"으에… 어, 어떤…."

"같은 학교 남자애야?"

"아, 아니거든. 뭐라고 하면 좋지…."

"멋진 사람이야?"

"응. 어, 키도 좀 크고, 생긴 건 좀 평범하지만 착하고오. 카나코가 하는 말은 뭐—든지 다 들어준다!"

"헤에~ 좋겠다."

내가 없을 때 여자친구가 친구한테 늘어놓은 애인 자랑이라니.

그 이야기를 듣는 내 얼굴은 분명히 새빨개졌을 거다.

…카나코 녀석… 그렇게 생각하고 있었구나….

아~ 제길. 너무 기쁜데….

슬쩍 발밑의 카나코를 보니 '뭘 봐' 하고 욕설이 날아온다.

부끄러워 죽겠다는 듯한 모습으로 그러고 있으니 너무나 귀여운 생물로 보이기 시작했다.

이제야 이해했다, 키리노— 이게 모에라는 감정이구나.

그렇게 방심하고 말았다.

카나코가 모래사장에 파묻힌 경위는 이제부터가 핵심인데.

나와 같은 전철을 밟지 않도록 명심하고 잘 듣도록 해라.

아야세는 '카나코의 남자친구'에 대해 가벼운 마음으로… 이렇게 물었다고 한다.

"이름은?"

…앗.

내 입에서 소리가 새어나왔다.

"아야세도 알잖아, 코우사카 쿄우스케. 키리노 오빠."

"어? …카, 카나코… 지금 뭐라고 했어?"

"그러니까아, 쿄우스케. 그 왜, 여름 코믹 마켓에서 아야세랑 같이 있던 개.”

“어… 나 지금 이해가 안 되는데?”

“응? 뭐가?”

“아, 아니 지금… ‘카나코의 남자친구’ 이야기를 하고 있었잖아? 그런데 왜 오… 그, 그 사람 이름이 튀어나오는 거니?”

“뭐어? 당연하잖아.”

행복하게 웃는다.

“쿄우스케는 카나코의 남자친구니까.”

“…윽! …노, 노, 농담이지?”

“응? 왜 카나코가 농담을 해야 하는데? 아, 알았다. 그거네. 이히히, 아야세 너… 설마.”

“아, 아니.”

“자기가 남자친구 없다고 삐졌구나?”

바보가 이 말을 날린 순간, 내가 그 자리에 있었다면 전력 질주로 도망쳤을 거다.

자리에 없었어도 훤히 보인다—.

아야세 안에서 뭔가가 뚝 소리를 내며 끊어지는 광경이!

그런데 카나코는 눈치를 못 채고 있다. 아야세를 손가락질한다.

“앗! 입 다무는 거 봐라! 정곡 찔렸네! 꺄하하하하, 뭐야, 촌스럽게~. 아아, 배 아파. 아니 뭐, 아야세 님은 고독한 여름방학을 한껏 만끽하면 되는 거 아닐까나~?”

죽고 싶어?!

물론 이건 과거의 에피소드라서 내 지적질은 전해지지 않는다.

카나코는 의미심장하게 입을 다무는 아야세를 계속해서 놀려댔다.

"응? 응? 일이 바쁘다고? 아아, 그렇구나. 그러면 어쩔 수 없겠네. 아야세 몫까지 카나코가 즐겨줄 테니까 걱정하지 마. 여름방학~ 바다도 가고, 유원지도 가고, 쿄우스케한테 여기저기 다 데리고 가달라고 해야지~ 으헤헤헤헷♪"

아… 아아… 아….

"그런데 아야세는, 히힛, 그렇게 잘난 거에 비해선 인기 없는 거 아니니?"

“…카―나―코♪”

…그래서 이렇게 된 거구나.

정말 겁도 없는 꼬마라니까….

아야세 님에게 그런 소릴 하면 어떻게 될지 정도는 알 텐데.

"꺼내줘~! 꺼내줘어~!"

아니…, 몰랐겠구나. 카나코… 넌 바보니까.

난 처참하게 파묻힌 카나코를 애절하게 바라보았다.

그런 다음.

"야, 아… 아야세. …꺼내줘도 되나?"

"안 되거든요, 오빠."

이런, 아직도 화가 났네.

나는 살기에 소름이 돋는 걸 느끼면서도 카나코의 남자친구로서 설득을 시도했다.

"아니, 카나코가 짜증난다는 마음은 나도 잘 알아."

"야!"

목이 불만을 제기했지만 무시다.

"분위기 파악도 못 하고 금방 우쭐대고 틈만 나면 놀리려 들잖아."

"이 배신자야—! 쿄우스케—!"

"시끄러워. 입 좀 다물어."

"볼 찌르지 마—! 두고 보자!"

무시하자. 이게 다 널 위해서 이러는 거거든!

"—야, 아야세. 나도 한 마디 호되게 해줄게. 용서해줘라."

애원하자 그녀는 싸늘한 눈으로 나를 굽어보았다.

"…흐음. 아무래도… 두 사람이 사귄다는 건 사실인 것 같네요."

"으, 응."

"언제부터예요?"

"얼마 전부터. 너랑 여름 코믹 마켓에 갔을 때 카나코랑 만났었잖아? 그 바람에 내 정체가 들통났거든."

"…어…."

무슨 이유에서인지 아야세는 놀라서―눈을 휘둥그레 떴다.

나는 그걸 의아하게 생각하면서도,

"그게 계기가 됐어."

말을 이어 나갔다.

"그러니까 나랑 카나코가 사귀게 된 건 아야세 덕분일 수도 있겠네."

"내, 내, 내… 덕분… 이요?"

"응. 아야세는 우리의 큐피드―였던 거지."

아야세에게 감사의 마음을 표하며 분노를 조금이라도 진정시켜 보도록 하자.

그런 의도로 이야기하던 나는 거기서 말을 멈추고 말았다.

싸늘하게―.

아야세가 지금까지하곤 비교도 안 될 정도로 매섭게 나를 노려보고 있었다.

"야, 야… 아야세? 왜 그래?"

"오빠는 바보야!"

퍽, 그녀는 손에 들고 있던 딱딱한 물건으로 내 얼굴을 때렸다.

그리고 소리쳤다.

"이―이런 건 절대 인정 못 해요!"

잔뜩 화가 난 채 떠나는 아야세.

“윽, 아야야… 뭐야, 쟤. 왜 화를 내고 그러냐….”

나는 얼굴을 감싸쥐고 머뭇머뭇, 아야세가 던진 물건을 주워들었다.

“…윽.”

…이럴 수가.

근처 문방구점에서도 흔히 팔고 있을 확대경을 보고, 그런 다음 카나코의 목을 보고, 하얗게 질려 버렸다. 그 평범한 문방구의 용도를 상상해버렸기 때문이다.

아니, 설마… 괜히 겁주긴 그러니까 카나코한텐 말해주지 말까.

그런 남자친구의 마음도 모른 채 땅에 묻힌 목은 소리를 지르고 있었다.

“쿄우스케! 꺼내줘! 빨리 꺼내줘! 뜨거워! 머리가 다 탈 것 같단 말이야!”

“네, 네.”

손으로 모래사장의 구멍을 넓히고 끌어당겼다.

“흐에에~.”

매장되었다 겨우 탈출한 카나코는 맥 빠지는 목소리를 내며 축 늘어졌다.

“괜찮아?”

“어~아야세는?”

“화내더니 가버렸어.”

“뭐야, 그게? 오늘 걔 진짜 이해가 안 되네~. 하아~ 뭐, 됐어. 어서 헤엄치러 가자♪”

감정 전환이 빠른 여자친구님이시다.

그런 점이 싫지 않다니까.

"라무네 마시고 나서."

"앗 차거! 이마에 병 갖다 대지 마~."

"하하하—자, 열어줄게."

첫 여자친구와의 바다 데이트는 이렇게 됐다.

무척 코미컬한 시작이었지만—

나와 카나코의 이야기.

한여름의 소동이 본격적으로 시작되었다.

바다에서 오후 늦게까지 놀았는데 그다음 날도 오후에 만났다.

카페에서 잡담을 나누면서 무심히 시간을 보냈다.

"야, 야♪"

내 여자친구가 맞은편에서 언제나처럼 미소를 짓는다.

"우리 말이야, 사귄 지도 좀 됐잖아?"

"1주일도 안 지났는데."

"그랬나?"

그래.

"아하, 너 그 노예 기간을 계산에 넣었구나."

"히히힛."

하긴, 돌이켜 보면 이 녀석하고는 정식으로 사귀기 전에 데이트 같은 짓을 실컷 하긴 했으니까.

나도 오래 사귀었다는 착각이 들 정도다.

진지하게 커피를 마신다.

"그런데—사귄다고 해도 그때랑 별로 달라진 것도 없네."

"…실실 쪼개기는."

내가 현 상황을 긍정하자 카나코의 기분이 나빠졌다.

"너 말이야~ 이런 미인 여자친구한테 너무 매정한 거 아냐?"

"픞."

미인 여자친구ㅋㅋㅋㅋㅋㅋㅋ.

"야! 왜 웃어!"

"안 웃었는데?"

"거짓말 마! 분명히 웃었거든! 푸픞 하고 웃었어! 아아, 진짜 기껏 사귀게 됐는데 아무것도 달라진 게 없잖아!"

그 불평에 나는 웃음의 여운을 남긴 채 시치미를 뗐다.

"바다 데리고 갔잖아."

"그건 뭔가 좀 아니었다고!"

"뭐가?"

"아야세가 방해하질 않나 모래에 파묻히질 않나."

"그건 내 잘못 아니잖아. 네가 아야세를 괜히 자극하니까 그렇지."

죽을 뻔했던 만큼 고맙게 생각해야지 않겠냐.

"얼굴만 완전 까맣게 타버렸다고!"

"그 다음엔 몸도 태웠잖아. 균형 잡겠다고 머리에 종이봉투 뒤집어쓰고선. 그거 진짜 재미있었지. 사진으로 다 남겨놨다."

"지워! 그딴 사진!"

이 녀석과의 대화는 신기할 정도로 속도감이 좋다.

이런 것도 쿵짝이 잘 맞는 관계라고 하는 걸까?

카나코한테 물으면 화낼 것 같긴 한데….

말다툼을 해도 너무나 즐겁다.

"너 아까부터 왜 그렇게 화가 나 있는 거야? 뭐가 마음에 안 들어서 그래?"

"사귀게 된 이후로 보이는 네 태도 전부 다!"

척! 엄지를 들이댄다.

"어제도— 특별 서비스로 태닝 오일을 바르도록 허락해줬는데 말이지, 귀여운 여자친구의 등에다가~. 그런데 넌 만사 귀찮다는 듯이 발랐잖아. 전혀 두근거리지 않았잖아."

종이봉투를 뒤집어쓴 여자를 보고 왜 두근거리겠냐.

오히려 웃음 참느라 힘들었는데.

"아아…. 그 태닝 오일 바를 때 꿈틀댔던 게 혹시 나름대로는 섹시 포즈를 취하느라 그런 거였어?"

"…큭… 크으으윽."

카나코는 이를 악물고 굴욕을 견디는가 싶더니….

솔직하게 자기 주장을 펼쳤다.

"그—러—니—까—. 좀 더 뭐랄까, 응? 남자친구답게 대해줬으면 좋겠단 말이야."

"꽁냥대고 싶으시다?"

"…노, 노골적으로 말하진 말고."

수줍어하는 모습은 귀여운데.

이상하게 순순히 그렇게 말해줄 마음은 들지 않는다.

괴롭히고 싶어지는 거다.

"뭐, 네가 하는 말은 지당하지."

"그치?"
"우리는 사귀는 사이니까."
"그치?"
"오늘은 노래방이라도 가서 꽁냥대볼까?"
"오, 그렇게 나오셔야지!"
그 말에 바로 신나 하는 카나코.
맞다… 이 녀석….

—노래 엄청 잘했지.

우리는 바로 노래방으로 자리를 옮겼다.
방에 들어가자마자 마이크로 달려간 카나코는 나도 아는 '그 노래'를 열창했다.
"메~루메루메루메루메루메루메~♪"
「스타더스트☆위치 메루루」의 주제가 「메테오☆임팩트」다.
헤에….
즐겁게 노래를 부르다니.
정말 노래하는 걸 좋아하는구나.
처음으로 이 녀석의 라이브를 봤을 때 의외로 아이돌 재능이 있을지도 모르겠다—는 생각이 들긴 했었는데.
내 눈은 정확했다.
노래가 일단락되고 간주가 흘러나오자.
"야! 쿄~스케에!"
"어~ 왜?"

"듀엣하자—♪"
"뭐어?! …나, 나보고… 이 메루루 노래를 부르라고?"
"응!"
"너, 진심이냐?"
"그럼 진심이지. 노래방 가서 꽁냥댈 거라고 했잖아?"
…그런 의미로 한 말은 아니었는데.
"빨—리—. 같이 노래하자—."
귀여운 여자친구의 부탁이시니.
에잇.
"그래, 해보자고!"
"그렇게 나오셔야지! 그럼, 간다앗~."

"「스타더스트☆위치 메루루」 시작한다~☆"

에라, 모르겠다.
나는 카나코와 팔짱을 끼고서 「메테오☆임팩트」를 열창했다.

시끌벅적한 시간은 순식간에 흘러가고—.
우리는 나란히 가게를 나섰다.
"아아, 재미있었다!"
카나코는 두 팔을 위로 치켜들고선 그대로 쭉 뻗었다.
속내를 그대로 말하는 거라고.
의심할 여지 없는 그 말에 안심했다.

“만족했냐?”

“응!”

“다행이네.”

“그런데 아직 좀 부족한 것도 같고~.”

춤을 추듯이 카나코는 내 앞으로 휘리릭 돌아서 다가왔다.

“쿄우스케.”

“응―?”

카나코는 눈을 감고 나를 올려다보면서….

“음.”

입술을 삐죽거린다.

“…야.”

“자아― 음.”

그 동작의 의미를 착각할 리는 없었다.

“무, 무슨 생각을 하는 거야?! 못 해!”

반사적으로 거부하자 눈을 반만 뜨고서 삐죽 내민 입에서 불만을
토로했다.

“체엣~ 겁도 많네~. 키스 정도는 괜찮잖아.”

그리고 평소의 그녀에게선 생각할 수 없을 만큼 요염한 표정과
목소리로―.

“―벌써, 한 번, 해버렸거든요.”

으앗!

“너, 너! 사람들 앞에서 무슨 소릴…!”

“음~? 무슨 소린데~? 카나코는 모르게쩌요~.”

“크윽… 이, 이.”

성격 나쁜 것 좀 보소~!

…난 왜 이런 망할 꼬마 녀석하고 사귀는 걸까…?

"꺄하하하하. 그래, 이쯤에서 용서해줄게, 치킨."

"네, 네. ─집에나 가자."

나는 붉어진 얼굴을 감추듯 발길을 돌렸다.

아아, 맞다. 놀려서 화나긴 하지만 그래도 여자친구니까 물어는 봐야겠지.

"바래다줄까?"

"음─… 어떡할까나."

"그러고 보니 너희 집 아직 가본 적이 없었지. 이 근처야?"

"응, 대충─. ─올래? 우리 가족한테 소개해줄게."

"…가, 가족한테 소개를?"

나는 노골적으로 동요하고 말았다. 한편 카나코의 태도는 매우 가벼웠다.

"응. 아니, 사실 오늘 처음부터 그럴 생각이긴 했거든. 사실은 약속 장소인 가게에서 그 이야기를 하려고 했는데."

"아아… 그러고 보니."

─우리 말이야, 사귄 지도 좀 됐잖아?

"…그게 서론이었구나."

"응, 맞아."

"…그, 그래. 가자."

상당한 각오를 다진 뒤 나는 말했다.

아무래도 여자친구의 가족을 처음 만나는 거니까.

내심 겁이 안 날 수는 없었다. 하지만 무서워하는 모습을 보여줄 수도 없었다.

남자라면—아니, 여자도 나랑 같은 생각일걸.

좋아하는 상대니까.

"오케이. 그럼 우리 집은 이쪽이야."

신나서 앞장서 가는 카나코와 나란히 걸으며 나는 용기를 쥐어짜냈다.

…으으.

미안, 방금 한 말을 뒤집는 것 같아 그렇지만, 용기를 낼 때까지 몇 분은 더 필요한 것 같다.

"…여자친구의 부모님께 인사를 드린다니… 좀 긴장되네."

내 인생에서 최대 레벨의 이벤트일지도 모르겠다.

나의 그런 소심한 속내를 다 꿰뚫어 보고 있다는 듯이 카나코는 쓴웃음을 지었다.

"그렇게 긴장할 거 없다니까."

"…어떻게 그러냐. 아… '따님을 제게 주십시오'라고 말하는 게 좋을까?"

"뭐? 우리 결혼을 전제로 사귀는 거였어?"

"어? 아니야?"

사귄다는 건 그런 거잖아? 좋아하는 사이니까.

"아, 아니… 아닌 건 아닌데."

카나코는 내가 좋아하는 표정을 지으며 얼굴을 붉혔다.

"그, 그게 아니라! 나, 난 아직 중학생이고…!"

“으, 응. 그런 이야길 하긴 아직 이르지. 생각해 보니 그렇네.”
“그, 그래… 하, 하여간 바보라니까.”
여기까진 새콤달콤한, 멋쩍은 대화였다.
“아니, 그리고—.”

“—우리 집은 부모님이 안 계시거든.”

너무나도 별일 아니라는 듯이 말을 해서.
나는 제대로 반응할 수가 없었다. 뒤늦게 이해하게 되었지만—
그래도 아무 말도 할 수 없었다.

카나코의 안내를 받아 찾아간 곳은 치바중앙역 부근에 있는 맨션
이었다.
멋대가리 없는 감상이긴 한데, 집세가 꽤 나가 보이는 물건이다.
나란히 엘리베이터를 내려 복도 끝에 있는 집으로 향한다.
카나코는 문을 열고 안을 향해 소리쳤다.
“나 왔어—.”
“어서 와—.”
귀여운 여성의 목소리가 대답을 한다. 카나코는 나를 슬쩍 올려
다보더니.
“현관에서 좀 기다려.”
“으, 응.”
나를 현관에 남겨두고 그녀는 안으로 들어갔다. 준비도 그렇고

할 게 있겠지.

…여기가 카나코의 집이구나.

청소가 잘 된, 반짝반짝 광이 나는 마룻바닥에 몇 개의 상자가 쌓여 있다.

문이 있어서 여기서부터는 집 안까지 다 보이지 않는다. 그러니까 이건 뭐랄까… 느낌에 불과할 뿐이지만 생활감이 희박했다.

마치 작업실이나 사무실 같은 분위기였다.

…아까 부모님이 안 계신다고 했는데.

물론 카나코가 혼자 사는 건 아니다.

그렇다면… 그럼 방금 그 목소리는.

그런 생각을 하는데 카나코가 돌아왔다.

"기다렸지? —들어와."

"어, 응. —실례합니다."

"네에—."

다시 조금 전의 목소리가 날 환영해준다.

"카나코, 방금 저 목소리는."

"언니."

"어, 언니?"

"응. 조급해하지 마. 지금 소개해줄게."

내 앞에서 복도를 걸어가던 카나코는 문을 열고서,

"언니— 얘가 내 남자친구."

바로 나를 소개했다.

드러난 실내는 완전히 작업실 그 자체의 모습이었다. 방 중앙에 여러 개의 책상이 모여 있었다. 책상 위 곳곳에 책과 종이 뭉치와 뭐에 쓰는지 알 수 없는 도구 등이 수북이 쌓여 있었다.

벽 쪽에는 키 큰 책장이 있었고 얼마 안 되는 빈 공간에는 쿠로네코가 늘 코스프레하는 만화 작품 「maschera~타락한 짐승의 통곡~」 포스터가 붙어 있었다.

그런 이세계에서 나를 기다리고 있는 것은—.

"우와아~ 안녕하세요~. 카나코의 언니인 쿠루스 카나타입니다 ♪"

카나코와 많이 닮은 소녀였다.

이름은 쿠루스 카나타 씨인 것 같다.

잔뜩 신나서 떠드는 그녀는 귀엽고 사랑스럽다는 표현이 딱 어울렸다.

한눈에도 망할 꼬마 녀석이란 이미지의 동생과는 전혀 다른, 정통파 미소녀라고나 할까.

무심코 '씨'를 붙이긴 했는데….

연하… 잘 봐야 고1 정도로밖에 안 보였다. 옷을 어떻게 입으면 중학생으로 오해할 것도 같다.

…몇 살일까?

나도 모르게 뚫어져라 응시하고 말았다. 그러자 옆에 있는 여자 친구님이 핀잔을 주었다.

"…야, 턱 빠지겠다."

"이, 입 안 벌렸어."

변명하는 나를 카나타 씨는 키득키득 웃으며 지켜보았다.

"나는 '카나카나'라고 불러줘요♡"

자매가 똑같은 소리를 하네.

이 사람도 카나코처럼 가식적으로 꾸미고 있는 건가.

"어흠. ―처음 뵙겠습니다. 코우사카 쿄우스케입니다."

나는 약간의 동요에서 벗어나 자기소개를 했다.

그러자―.

"으음?"

벽을 마주보고 작업하고 있던 또 한 명의 인물이 고개를 들고 나를 보았다.

그러고선 입을 열자마자 꺼낸 말이 이거다.

"앗! 오빠아♪"

"어?"

너무나도 귀에 친숙한 목소리. 너무나도 눈에 익은 얼굴.

"앗… 앗!"

나와 '그 사람'은 서로를 보며 놀랐다.

"아하하~♪ 또 만났네요~♪"

"너… 정말 내가 가는 데면 어디든 나타나는구나?!"

"그러고 보니 요전에도 만났었죠~."

이 사람과 여기서 만나다니…?!

그녀는 호시노 키라라.

아키바의 메이드 카페 '프리티 가든'에서 일하는 메이드다.

왠지 이 사람이 사복 입은 걸 보는 건 처음인 것 같네.

그녀는 키리노가 좋아하는 애니 「스타더스트☆위치 메루루」—그 주인공의 목소리를 담당하고 있는 성우 '호시노 쿠라라'의 언니이기도 하다.

우리의 대화를 듣고 있던 카나타 씨는 키라라 씨에게 물었다.

"어라라라, 홋시, 아는 사이야?"

"네, 맞아요, 선생님—."

"무슨 사이일까아?"

"에헤헷… 이 사람은요."

키라라 씨는 수줍어하며 이렇게 말했다.

"제 주인님이랍니다아~ ♪"

"너 진짜아앗~!"

폭탄 발언을 가릴 기세로 고함을 지른 건 나였지만, 물론 여자친구님에겐 다 들렸다.

싸늘한 눈으로 나를 노려본다.

"…야, 너 이건 바람 수준이 아닌데."

"아냐, 오해야, 내 말을 들어줘!"

필사적이었다. 나는 원흉인 키라라 씨에게 애원했다.

"제발 그러지 좀 말아요! 뭐? 요전에도 그렇고 이번에도 그렇고 당신은 내 체면을 파괴하는 게 취미입니까?"

"호와아~ 오빠가 카나코의 남자친구예요오?"

"태연히 화제 되돌리지 말고요!"

"아니, 애초에 그 오빠란 호칭도 따지고 싶은 마음인데."

카나코의 마음은 아주 잘 안다.

하지만 설명하면 길어진다고!

일단 키라라 씨에 대한 설명에 집중해야지.

"…소개받은 대로 난 카나코의 남자친구입니다. 정말 우연이네요."

"그치만, 그치마안, 요전에 같이 있던 검은 머리 아가씨는 어쩌고."

"아야세 말이죠?! 걔랑은 아무 사이 아니거든요?!"

"아, 그런가요."

심장에 안 좋아~!

분명히 말할 줄 알았어! 잊고 있는 녀석을 위해 아주 간결하게 설명하자면 최근에 아야세한테 아키바를 소개할 기회가 있었는데 그때 '프리티 가든'에 같이 갔었다.

그냥 그게 다인데 키라라 씨는 불씨도 없는 곳에 자꾸 연기를 피우려 시도하고 있었다.

"후후훗… 나, 그 아이가 오빠의 여자친구인 줄로만 알았거든요오."

"……."

"……."

방이 침묵에 휩싸였다. 카나코도, 카나타 씨도 아무 말 없이 나를 응시한다.

나는 당연히 기가 죽을 수밖에 없었다.

"왜, 왜요?"

"아아, 쿄우스케라고 부르면 되나?"

"아, 네."

“—잠깐 누나랑 대화 좀 할까?”

무서운 미소였다. 완전히 ‘동생을 속여먹고 있는 쓰레기남’을 보는 눈이다.

…여자친구의 가족과 첫 만남… 이런 중요하고도 중요한 이벤트였는데….

초장부터 힘든 상황에 내몰리고 말았다.

재미 삼아 나를 궁지에 내몬 메이드가 너무나 원망스러웠지만—이렇게 된 이상, 각오를 하는 수밖에.

“그럼요.”

나는 여자친구의 언니를 향해 걸음을 내디뎠다.

몇 분 후—.

나는 충분한 시간을 들여 해명했다.

“—그러니까 전 무죄입니다. 이해하셨을까요?”

“그렇구나, 오해였나 보네~. 미안, 미안.”

그 덕분에 언니의 걱정을 씻어낸 것 같다.

“후우~.”

일단 궁지에서 벗어났군.

손등으로 이마에 맺힌 땀을 닦은 나는 기가 막힌다는 눈을 하고 있는 카나코에게 말했다.

“훗, 봤냐. 이게 석고대죄 킹의 실력이다.”

“너 완전 필사적이더라.”

"그럼. 미래의 처형에게 미움받을 수는 없잖아."

"뭐… 무슨 소릴 하는 거야! 기분 나쁘게!"

주먹으로 배를 때리지만 힘이 안 실려 있어서 대미지는 제로다.

부끄러워하는 얼굴을 즐길 여유까지 있었다.

옆을 보니 그런 우리의 모습을 카나타 씨가 무척 흥미롭다는 듯이 지켜보고 있었다.

"…흐음—."

"…어, 언니, 왜?"

"아무것도 아냐—. 카나한테 좋아하는 사람이 생겨서—다행이구나 싶어서."

"…흥."

축복을 받은 카나코는 쑥스러운지 고개를 홱 돌려버렸다.

자, 이제.

자기소개도 끝나고 오해도 풀렸으니 본격적으로 정상적인 대화를 나눌 수 있는 상황이 되었다.

"누님은 저—설마."

나는 이 방에 들어온 순간부터 품고 있던 의문을 입에 담았다.

"만화가인가요?"

"응, 맞아—."

"역시! 대단하다—!"

솔직한 감동이 가슴을 가득 채운다. 만화가와 이야기를 나누는 건 태어나서 처음인데.

"그럼 키라라 씨도?"

"난 선생님의 임시 어시스턴트입니당♪"

최근의 메이드는 그런 일까지 할 줄 아나.

기능이 많네.

"평소엔 만화가 지망생인 동생이 어시스트를 해주는데 오늘은 올 수 없게 되는 바람에. 그래서 오늘은 내가 대신 도우러 온 거거든요 ~."

"헤에…."

그리고 보니 이 사람에겐 쿠라라 씨 말고도 여러 동생이 있는데 다들 얼굴이 똑같이 생겼다.

그중에 동인 작가 활동을 하는 동생도 있나 보다.

숨길 게 뭐가 있겠나, 나도 여름 코믹 마켓에서 만난 적이 있다.

"그런데 그 덕분에 오빠와 재회를 하게 되다니~. 세상은 참 좁네요."

"그러게나 말입니다."

실제로 카나타 씨와 사오리는 아주 잘 아는 사이로 거기엔 '세상은 좁다'는 말로는 다 담을 수 없는 이야기가 숨어 있지만~ 물론 이때의 나는 알 길이 없는 이야기였다.

그리고 굳이 말할 일도 아니고.

"자아— 그럼 잠시 쉬도록 할까."

"네에. 그럼 난 차 타올게요~."

—그렇게 해서.

우리는 키라라 씨가 타준 맛있는 차를 마시며 잠시 잡담을 나눴다.

'카나코 가족과의 첫 만남'을 끝내고—

"실례 많았습니다―."

"네에, 쿄우스케, 또 놀러와―."

"언니― 나 쿄우스케 밖에까지 바래다주고 올게."

"그래, 그래― ♪"

즐거운 시간이 끝나고 나와 카나코는 맨션 밖으로 나왔다.

새빨간 노을이 건물의 숲으로 빨려 들어간다.

타는 하늘을 올려다보던 나는 시선을 천천히 되돌려 카나코를 보았다.

"―오늘은 여러 모로 고마웠다."

"어. 언니가 좀 시끄러웠지? 미안해."

"그렇지 않아. 좋은 언니던데. 젊고 귀엽고 재능도 있는 데다 동생을 아끼는 마음까지, 최고잖아."

성격은 조금 경박하지만.

나도 본받고 싶다.

"……."

카나타 씨를 진심으로 칭찬하는데 카나코가 묘하게 불만인 것처럼 보였다.

"? 왜?"

"…카나코보다 언니가 더 취향이야?"

"픕, 너 인마, 무슨 소릴 하는 거야?"

"웃지 마! 난 진지하거든!"

…오오, 화났네, 화났어.

이거―어떻게 대답할까.

"역시 연상이 취향이야?"

“아니, 별로 그런 건 아닌데?”

딱히 고집하는 건 아니다.

“…흥, 그런 할망구가 뭐가 좋다는 건지—.”

“할망구라니, 그 사람, 그렇게 부를 나이도 아니잖아.”

아까는 카나타 씨에 대해 ‘고등학생 같다’느니 ‘중학생 같다’느니 했으면서.

솔직히 그 사람, 초등학생으로도 보일 정도 아니냐.

그렇게 되면 아무래도 ‘카나코의 언니’라는 사실과 모순되니까 연상일 거라고는 생각하지만 말이다.

“쳇, 16살 이상은 할망구지.”

“너 지금 한 말, 엄청난 폭언이거든?!”

이제 PSP의 시대가 아니라고.

요즘 세상에 그런 유의 발언은 정말 위험하니까 자중해라, 진짜.

“…야, 딱 한 번만 말할 거니까 잘 들어.”

나는 한 손으로 머리를 긁적인 뒤 단호하게 말했다.

“애초에 넌 내 취향 범위에 포함되지도 않거든.”

“…윽.”

“하지만 난 너를 좋아해. 그러니까 남자친구가 된 거잖아.”

“아….”

“그 부분은 남자친구를 믿어줘야지. 알았어?”

진심을 진지하게 전한다.

“…….”

카나코는 잠시 침묵하며 나를 쳐다보더니….

“…증거.”

"뭐?"
"그래… 카나코를 좋아한다는 증거, 보여줘."
그렇게 말하고선—

그녀는 눈을 감았다.

의미는, 아무래도… 모를 수가 없다.
"…꿀꺽."
얼굴이 단숨에 뜨거워진다….
역 앞만큼은 아니지만 지나가는 사람이 아예 없는 건 아니다.
하지만….
이 녀석이 용기를 냈으니까.
응답해주지 않는다면 남자친구로서 실격이지.
나는 조심스레 얼굴을 가져가
"…증거, 보여줬다."
카나코의 이마에 입을 맞추었다.
"…음."
카나코는 천천히 눈을 뜨고 자신의 이마를 만졌다.
그리고서,
"으헤헷."
간지럽다는 듯이 웃었다.
"역시 넌 롤리콤이야."
"흥, 마음대로 떠들어봐."
아아, 쑥스러워 죽겠네. 뇌까지 다 삶아지는 기분이다.

하지만 여자친구가 이런 표정을 짓게 만들었으니까.
당연히 만족스러웠다.

카나코와 헤어진 뒤, 얼마 지나지 않아 전화가 걸려왔다.

“응? ―네.”

『쿄우스케~! 다 봤당―♪』

“뭐!”

전화기에서 들려온 것은 카나타 씨의 목소리였다.

『작별 뽀뽀라니! 아주 건방지구만! 으헤헤헤헤♪』

아하, 이 사람 몰래 뒤따라왔었구나!

『앗, 언니! 누구랑 전화하는 거야! 야!』

『히힛, 이게 청춘이다, 이거니? 덕분에 좋은 구경했네♪』

저쪽에서 자매가 싸우는 소리가 들려온다.

“이, 이제 끊습니다!”

『아, 잠깐, 잠깐만! 마지막으로 한마디만 할게!』

“…뭡니까?”

『아까 그건 입에 뽀뽀해야 하는 거 아니었어~? 방금 전의 쿄우스케는 60점이야~. 좀 더 노력합시다~.』

“시끄러워!”

기세 좋게 전화를 끊고 어깨를 축 늘어뜨린다.

젠장….

―나, 저 펑키한 처형이랑 잘 지낼 수 있을까.

Nae yeodongsaengi
irerke guiyeoul riga
upser ⑰
kanako if

제3장

카나타 씨를 소개받은 날 저녁.

나는 방에서 카나코와 전화 통화를 하고 있었다.

『야, 야, 쿄우스케에♡』

전화기에서는 스스럼없이 구는 여자친구의 목소리가 들려온다.

나도, 카나코도 무척 기분이 좋았다. 오늘 데이트는 대성공이었나 보다.

『내일은 어디 데리고 가줄 거야?』

"…글쎄."

자아…, 뭐라고 대답할까.

"우리 집은 어때?"

『뭐? 우리 집이라면… 너희 집?』

"응. 내일 아버지가 집에 있는 날이거든."

"—널 소개하고 싶어."

『뭐어?! —진짜야?』

"그럼, 진짜지. 안 돼?"

『아니…, 안 될 건 없지만… 어~! 어떡하지… 긴장되기 시작하는데.』

카나코의 목소리가 진짜 다급하게 들려 쓴웃음이 나왔다.

"괜찮냐?"

『…키리노한테 들었는데~ 아버지 무서우시다며?』

"그렇지."

『지옥의 도깨비처럼 생겼다며?』

키리노 녀석, 도대체 어떻게 설명을 한 거야.

본인이 들으면 울겠다.

"그렇지."

『무리야, 무리무리무리. 으히익~, 얘기만 들었는데도 오줌 싸고 싶어지네.』

"어서 갔다 와!"

『네에―.』

…하여간.

"……."

『그래서 말인데―.』

"화장실에 전화기 가져가지 마!"

『쳇, 잔소리는.』

"방에 두고 가라."

『네, 네. 알겠습니다요.』

…이제 진짜 갔나 보다.

이런 이런… 섬세함이란 걸 조금 더 키웠으면 좋겠는데.

…하아.

한숨을 쉬었을 때였다.

『여보세요ㅡ, 쿄우스케?』

카나코와는 다른 귀여운 목소리가 들려왔다.

"어?! 카, 카나타 씨?"

『네, 맞아요. ㅡ지금 잠깐 들렸는데 카나를 가족에게 소개할 거라면서?』

"네, 그러려고요."

『그렇구나. 그럼 말해버릴까나.』

"? 네에."

카나타 씨는 아마도 의식적으로ㅡ가벼운 말투로 이야기하기 시작했다.

『…우린 부모랑 사이가 안 좋아서. 그래서ㅡ지금 자매 둘이 같이 사는 거거든.』

"……."

너무 무거운 내용에 말문이 막혔다.

그걸 눈치챘는지 카나타 씨의 말투는 더욱 밝아졌다.

『아하하, 말하자면 복잡한 가정 환경이라는 걸까나?』

…그랬구나.

그래서,

ㅡ우리 집은 부모님이 안 계시거든.

그 녀석이 그런 말을.

『아, 심각하게 받아들이진 말아줘. 우리한텐 이런 건 진짜 별일 아니니까. 시리어스 모드가 되면 오히려 당혹스럽거든.」

"알겠습니다. 시리어스해지지 않게 듣죠."

복잡한 가정 환경이라.

『그래 주면 고맙지. 그래서, 그러니까 결국 무슨 말을 하고 싶으냐면 말이지. ―카나는 정상적인 가정에 대한 면역이 없어서 엄청 긴장할 거야. 그러니까―.」

"제가 잘 도울게요."

다 듣기도 전에 대답했다.

"저만 믿으세요."

『…고마워.」

차분한, 진심이 느껴지는 목소리.

잠시 침묵이 흐른 뒤에.

『참 대단하네.」

"네?"

『―카나가 좋은 사람을 찾았어.」

두근, 심장이 크게 뛰었다.

『아까 처음 봤을 때는 '어머… 자매가 남자 취향이 똑같네' 싶어서 안절부절못했었는데.」

"그. 그게 무슨 의미죠?!"

『아하하하하하.」

조금 전과는 다른, 눈치 보지 않는 자연스러운 웃음소리.

그러고서 그녀다운 편한 말투가 이어졌다.

『안심했다는 의미야♪」

—『후우~ 시원하다.』

『아, 돌아왔구나! 그럼 쿄우스케. —사랑해용♡』
그렇게 카나타 씨의 목소리는 사라졌고 대신,
『기다렸지—.』
내 여자친구가 돌아왔다.
물론 지금 나눈 대화는 비밀이다.
"어. 그래서 카나코—어떻게 할 거야? 진짜 힘들겠으면 다음 기회에 해도 되는데."
『으음— 지금 화장실에서 생각해봤는데—. …결국 언젠가는 만나야 하는 거잖아. 너희 아버지를 말이야.』
"뭐, 사귄다면 언젠가는 그렇게 되겠지."
내가 카나코의 부모님을 만날 날도 오게 될까.
『그럼 내일 볼래.』
"그래."
시원스런 대답에 시원스레 대답했다.
긴장한다 해도 어쩔 수 없지.
그리고… 부탁받고 승낙했으니까.
그런 여러 감정을 담아서—.
"뭐, 걱정 마라. 내가 옆에 있어줄게."
『…헤엣?』
…훗, 좋았어.
이 여자, 지금 이 말 듣고 나한테 다시 반했구나.
『품.』

"야, 너 지금 웃었지?"

『아니, 그치만—. '내가 옆에 있어줄게'라니—푸풋ㅋㅋㅋㅋ』

"이, 이 망할 꼬마가…."

남의 마음도 모르고 폭소를 터트린 카나코였지만,

『으햐햐핫… 하아… 하아….』

겨우 웃음을 참고서 한마디를 건넸다.

『믿고 있어, 쿄우스케♡』

그렇게 해서 다음날.

나는 가족이 모두 모인 아침식사 자리에서 이야기를 꺼냈다.

"아버지, 엄마, 잠깐 얘기 좀 할 수 있을까?"

"어머, 왜 그러니?"

"왜 그러냐, 쿄우스케."

부모님은 솔직하게 대답했지만, 키리노만은 의심스럽다는 듯이 곁눈질로 나를 힐끔거렸다.

나는 애써 밝은 목소리로 말했다.

"오늘 소개하고 싶은 사람이 있어서."

"호오."

"어머, 설마—여자친구?"

"…풋… 설마요."

작은 목소리로 날 깔보는 동생의 태도에 울컥했지만.

"으, 응… 실은 맞아."

"푸읍—!"

키리노가 차를 뿜었다.

콜록콜록! 미소녀로서 있을 수 없는 처참한 모습으로 기침을 터트린다.

키리노만큼은 아니지만 부모님도 눈을 휘둥그레 뜨며 놀라고 있었다.

"쿄우스케, 너… 여자친구 생겼냐?"

"여자친구라니, 너….”

이거 상상했던 것보다 더 쑥스러운데.

부모님에게 '여자친구가 생겼다고 보고'하는 건 정신에 큰 부담이 가해지는 일이었다.

"그래서… 실은 그… 저기, 지금 벌써 집 앞에 와있거든."

그 바보 카나코 녀석이 너무 일찍 와버렸다!

평소엔 지각 단골손님이면서… 뭐, 약속시간을 지키지 않는다는 의미에서는 그게 그건가.

내 보고를 들은 아버지는 당황한 듯 말했다.

"그러면 어서 안으로 들어오라고 해야지."

"그래~. 밖은 덥잖니."

"응… 그럼 지금 데리고 올게."

*

그렇게 말하고—

쿄우스케는 거실을 나섰다.

동요를 감추지 못하는 나—코우사카 키리노 앞에서 아버지가 안절부절못하고 있었다.

"…쿄우스케한테 여자친구가."

"그 아이도 여간이 아니네, 여보."

"음… 나도 나이를 먹긴 먹었군."

"그런데—여자친구라니 어떤 애일까?"

"그 애 아냐, 그 왜, 타무라야 거기."

"마나미? 하지만 걔는 이미 셀 수도 없을 만큼 만났는데 굳이 소개를 하려고 들겠어?"

엄마는 잠시 생각에 잠기더니.

"키리노는 뭐 아는 거 없니? 쿄우스케 여자친구 말이다."

그 질문에 나는 쥐어 짜내듯 작은 목소리로 대답했다.

"…몰라."

나도 모르는 새 입술을 깨물고 있었다.

다시 한번 대답했다.

"…정말 몰라."

쿄우스케의 여자친구라니….

누구지?

"그래~, 후후훗, 내가 아는 애려나~♪"

"기분 좋은가 보네, 여보."

"당신도 그렇잖아."

내 마음도 모르고 아빠도, 엄마도 싱글벙글이다.

그때 노크 소리가 들리고—.

거실에 있는 전원이 문으로 의식을 집중했다.

"어머, 왔나 보다."

"—들어와라."
아빠의 낮은 목소리에 응답해 문고리가 돌아간다.
찰칵.

＊

나는 거실문을 열고 가족을 본 뒤 당당하게 말했다.
"소개할게. 내 여자친구인—."

"안녕하세요—! 쿠루스 카나코입니다아♪"

나와 카나코를 제외한 모두의 눈이 휘둥그레 벌어졌다.
"카, 카나코…?!"
"…카나코라고?"
키리노와 엄마는 내 여자친구의 이름을 말했다. 당연하지. 이 두 사람과는 안면이 있으니까.
"여, 키리노—오랜만이에요, 아줌마♪ 처음 뵙겠습니다, 아저씨♪"
아이돌이 무대에 올랐을 때 보여주는 것 같은 달달한 태도.
양의 탈을 쓴 가식 모드로 꾸뻑 인사를 하는 카나코.
하지만—.
"……."
"……."
거실은 정적에 휩싸이고 말았다.

아버지와 키리노가 똑같은 포즈로 팔짱을 꼬고서 매서운 눈으로 카나코를 쳐다보고 있었다.

"…어, 어라."

카나코도 이 상황에 설마 사고 쳤나? 싶은 얼굴로 주춤거렸다.

나한테 귓속말로 소곤소곤.

"…야, 쿄우스케, 실수한 거냐?"

"…아, 아무래도 그런 것 같은데."

"…어떡하지?"

"어흠!"

커다란 헛기침 소리가 우리의 심장을 후벼팠다.

"쿠루스 카나코 씨… 라고 했지."

가시 돋친 낮은 목소리.

"코우사카 다이스케다. 처음 보는군."

"아, 네에."

"그렇게 딱딱하게 굴지 말고 자연스럽게 말해도 돼."

"…네?"

"가식을 떠는 것도 피곤할 텐데."

…우와, 단번에 간파당했네.

"…바보야, 아빠한테 그런 가식이 통할 리가 없잖아."

못마땅한 얼굴의 키리노가 깔보듯이 그렇게 말했다.

…그랬다.

아버지는 거짓말을 간파하는 실력이 아주아주 좋았지.

뭐니해도 직업이니까.

특기인 가식을 봉인당한 카나코가 어떻게 나올까 했더니.

“진짜요—? 그럼 평소대로 말할게요—.”

“…윽.”

너무나 정직하게 멍청한 티가 팍팍 나는 말투로 바뀌었다.

몸짓까지 바로 멍청해지다니 역시 카나코다웠다.

“이 아저씨 말이 통하네~.”

“…아, 아저씨.”

“아, 하지만 카나코느은 연기 완전 자신 있어서 별로 피곤하거나 힘들지 않거든. 신경 안 써도 되용♪”

“……”

“아, 저기, 여보. 카나코는 있지?”

이 심각하게 어색한 분위기를 견디다 못했는지 엄마가 도움의 손길을 내밀었다.

“키리노랑 같은 반이라 우리 집에 자주 놀러 오는 애거든~. 그치, 키리노?”

“…나, 위에 가 있을게. 어차피 방해만 될 테니까.”

자기 이름이 나오자 키리노는 차갑게 한마디만 남기고 거실에서 나가버렸다.

뭐, 뭐야, 저 녀석.

친구 좀 도와주면 어디가 덧나냐.

한편 아버지와 카나코의 위태위태한 대화는 계속 이어지고 있었다.

“…연기가 특기라니, 동아리 활동이나 뭐 그런 거라도 하나?”

“뭐? 그럴 리가. 카나코느은~ 솔직히 아이돌이 되려는 거거든. 노래하고 춤추고 여배우로도 활약할 예정이거드은. 그 점은 오해하지 말아주면 좋겠는데? 히힛."

…어떡하지.

남자친구 부모님과 처음 보는 자리에서 이런 태도라니.

연기로 극복해내지 않을까 아주 조금 기대했었는데―.

당연히 무리였다.

뭐, 어쩌겠어.

있는 그대로의 모습을 보여주지 않으면 의미가 없다는 생각도 있으니까.

포기하고 방침을 재설정한 나를 아버지가 쳐다보았다.

"야, 쿄우스케."

"어, 왜, 아버지."

"…이 아이로 괜찮은 거지?"

아버지의 이 질문에 뒤늦게 카나코도 사태를 제대로 인식한 듯했다.

"쿄, 쿄우스케에."

불안한 눈으로 나를 살핀다.

―걱정하지 마. 그때 너는 웃었지만… 말했잖아?

내가 옆에 있어 주겠다고.

'이 아이로 괜찮으냐'고? 당연한 거 아냐―.

"―당연하지."

"그래."

아버지는 무겁게 고개를 끄덕이고선 잠시 생각에 잠겼다.

엄마도, 카나코도 안절부절못하는 모습이었다.

그런 가운데 아버지는 다시 입을 열었다.

“쿄우스케, 나는 너를 믿는다.”
짧은 한마디로 생각을 전했다.

“—무슨 말을 하고 싶은지 알겠지?”

잘 전해졌어.
카나코한테도 그럴 거고.

“—열받아.”
집에서 나오자마자 카나코가 중얼거렸다.
“그러니까—. 아버님이 하고 싶은 말은 카나코 같은 바보는 아들
의 여자친구론 인정할 수 없다, 이 소리잖아.”
“응. 일단 첫인상은 아버지 눈에 차지 못한 것 같네.”
“야! 남 일처럼 말하지 마! 이거 큰일이잖아!”
“왜?”
“아, 아니! 나랑 사귀는 걸 부모님이 반대하시는 거잖아!”
“그게 왜?”
태연히 대답한다.
“…어….”
“내가 누구랑 사귈지는 내가 정하는 거야. 부모는 상관없어.”
그 자리에서 몸을 숙여 시선을 맞춘다.
“그렇지?”
“으, 응.”

소심해져서 그런지 웬일로 순순히 대답을 한다.

카나코는 침울하게 고개를 푹 숙였다.

"…하지만 무리라고."

"왜?"

"난… 늘 부모나 어른들한텐 미움만 받거든. 안 그러면—무대 위도 아닌데 연기를 하겠냐고."

아아… 그렇구나.

바보면서 묘하게 가식 연기를 잘했던 건.

아이돌이 되기 위한 연습만을 위해서는 아니었던 거구나.

"—괜찮아."

나는 내 가슴을 두드리며 말했다.

"난 네 좋은 점을 많이 알고 있잖아. 아버지는 모르고. 단지 그것뿐이야. 안심해라. 아버지도 곧 너를 좋아하게 될 거야. 분명히."

알았지? 그러고서 손바닥을 카나코 머리 위에 올렸다.

카나코는 아무 말 없이 얌전히 있었다—.

카나코를 집까지 바래다주고 돌아왔다.

현관에서 신발을 벗으며 한숨을 내쉬었다.

"…후우—."

—내가 초대한 바람에 카나코에게 힘든 일을 겪게 했네.

카나타 씨에게 내가 잘 돕겠다고 큰소리쳐놓고선.

가족에게 소개하기.

아무리 피해 갈 수 없는 길이라지만 책임감을 느꼈다.

"조금 더 잘 풀릴 줄 알았는데—."

…그것도 그렇지만.

키리노 녀석은 왜 우리 편을 들어주지 않은 거지.

둘이 도왔으면 조금 더 잘—.

—호랑이도 제 말 하면 온다더니.

키리노가 2층에서 내려왔다.

나는 동생 앞으로 다가갔지만,

"……."

키리노는 여전히 불쾌해 보였다. 차가운 눈으로 나를 쳐다본다.

"야, 키리노."

"…왜?"

"너 아까 그거 뭐냐?"

"뭐?"

"내가 카나코를 소개했을 때 말이야. 왜 도와주지 않았어?"

"흥, 네 여자친구잖아?"

"네 친구잖아."

내 말이 아팠는지 키리노는 시선을 피했다.

"아냐?"

"맞아. …카나코는 내 소중한 친구야."

확실하게 단언한다.

그렇지….

이 녀석들의 우정은 진짜다. 얼마 전에 나는 그걸 코앞에서 확인했다.

하지만 그렇다면… 어째서.

말없는 질문에 대답이 돌아왔다.

“—나도 그런 게 좀 있어.”

“그런 거라니.”

“그런 거가 그런 거지 뭐야. 너한텐 말할 수도 없고, 말할 생각도 없어. 미안하지만 난 너희 편은 들어줄 수 없겠다.”

동생은 쥐어짜내듯 힘겹게—

“…미안.”

작게 한마디만을 남긴 채 가버렸다.

“…….”

…그러냐. 뭔진 모르겠지만 네가 그렇게까지 말한다면 그만한 이유가 있는 거겠지.

지금은 캐묻지 않기로 하겠어.

하지만… 키리노 모습이 이상한 건 신경이 쓰이는데.

…아까 카나코를 집에 바래다줬을 때의 일이다.

이런 대화가 오고 갔었다.

—야, 카나코. 아까 키리노 좀 이상하지 않았나?

—아아, 기분이 안 좋아 보이긴 하더라.

—좋아하는 오빠한테 여자친구가 생겨서 화가 났나?

“—걔가 그런 인간이겠냐.”

카나코에겐 달리 짚이는 구석은 없는 것 같았고.

아야세도 요전에 좀 화를 냈었는데….

쿠로네코도 여름 코믹 마켓에서 만났을 때—

—지금의 나는… 복수의 천사 '야미네코'다.

어떤 전파를 수신했었다.

도저히 상담할 만한 분위기가 아니었다.

그렇다면… 내가 상담해야 할 사람은….

그 녀석밖에 없지!

방으로 돌아온 나는 바로 '의지할 수 있는 그 녀석'에게 전화를 걸었다.

『여보시옵니다.』

그 상대는 물론 그녀—사오리 바지나다.

나와 키리노의 친구이자 오타쿠 커뮤니티 '오타쿠 소녀 모여라—'의 리더. 특이한 말투, 눈이 빙빙 돌 것 같은 두꺼운 안경을 쓴 오타쿠 패션을 갖춘, 키 큰 소녀.

연하이기도 한 사오리를 나는 무척 의지하고 있다.

은인이라고 생각한다.

이번에도 나와 카나코의 편에 서서 좋은 조언을 주겠지.

"사오리, 지금 통화 괜찮아?"

『물론이옵니다. 오히려 마침 잘된 것 같사옵니다.』

"?"

『실은 제가 쿄우스케 씨에게 상담하고 싶은 게 있어서 말입니다—.』

"네가 나한테 상담을? 별일이네."

『야하하하, 아무래도 저 혼자선 해결하기 어려운 문제라서요.』

"네 상담이라면 기꺼이 들어주지. 내 용건은 뒤로 미뤄도 되니까 먼저 말해봐."

이런 때 은혜를 갚지 못하면 사오리에게 갚아야 할 은혜는 계속

쌓이기만 할 거다.

　흔쾌히 상담을 받아들이자 사오리가 기쁘게 대답했다.

　『고맙습니다. 실은─』

　『쿠로네코 씨 때문이에요.』

　"쿠로네코?"

　『네. 제가 최근에 집안 사정으로 좀 바빠서 쿠로네코 씨와도 만나지 못했습니다만─며칠 전에 오랜만에 만나게 되었는데….』

　"야미네코가 됐지."

　『쿄우스케 씨도 알고 계셨군요?! 그게 도대체 어떻게 된 일입니까?!』

　신기하게도 사오리가 크게 동요하고 있었다.

　"아니, 나도 몰라."

　진짜로 놀랐다고.

　"나 올해는 아야세랑 같이 여름 코믹 마켓에 갔었거든."

　『아야세 씨하고요?』

　"응. 그 왜, 오타쿠 극복작전의 일환으로."

　『아아~.』

　이쯤에서 (본인 앞에서 이런 표현을 쓰면 죽이려 들 테지만) '아야세 루트'를 복습하고 가기로 하자.

　─저… 키리노의 취미를 제대로 이해하고 싶어요.

나는 아야세의 인생 상담을 듣고.

아키바에도 데리고 가고,

사오리를 소개시켜주기도 하고,

코믹 마켓에 데리고 가기도 했다.

참고로 그때 상태가 좀 이상한 쿠로네코하고도 만났었다.

나와 아야세를 사귀는 사이라고 오해하기도 하고, 아야세한테 시비를 걸며 중2병 대사로 큰소리를 치기도 했다.

"—그래서 아야세랑 쿠로네코가 싸우게 된 거야."

『…흐음, 그래요. 쿠로네코 씨의 마음이 어둠에 물들어버린 건 쿄우스케 씨 때문이었군요.』

"…역시 그런가."

『네, 틀림없을 겁니다.』

"그래, 내가 그때 걔한테 상처줄 만한 짓을 했겠지."

진지하게 말했다.

"한심하지만 그게 뭘질 모르겠어. 미안한데… 가르쳐줄 수 없을까?"

『…쿄우스케 씨는 여전하시군요.』

상냥한 목소리가 대답한다.

『하지만—일단 큰 문제는 아닐 겁니다.』

"무슨 말이야?"

『쿄우스케 씨는 아야세 씨와 연인 사이가 된 건 아니잖아요?』

"응."

아쉽지만 과거 내가 목표로 삼던 아야세 루트는 사라져버린 것 같다.

이제 와선 차라리 잘됐다는 생각도 들지만.

『그렇다면 그 사실을 쿠로네코 씨에게 알려주면 바로 기분이 풀릴 겁니다.』

사오리는 진심으로 안심했는지 밝은 목소리로 말했다.

『아아~ 이제 좀 안심이 되네요. 괜한 고민을 했었네요~, 핫핫~.』

"야, 뭘 그렇게 혼자 납득하고 넘어가려는 거야."

나는 무슨 의도인지 전혀 파악도 안 되는데.

『죄송합니다. 하지만 이건 웬만하면 쿄우스케 씨에겐 설명하고 싶지 않은 사항이라서요.』

"그래?"

『네. 그러니까 제 상담은 이만 끝내고 쿄우스케 씨의 이야기를 들어볼까요?』

"네가 그렇게 말한다면 그렇게 하지, 뭐."

이 녀석이 설명하기 싫다고 한다면 그러는 편이 나한테 도움이 되는 걸거다.

"그럼—내가 할 이야기는… 키리노 때문이야."

『키리린 씨요?』

"응. 사실 오늘 내 여자친구를 가족에게 소개했는데—."

나는 사오리에게 오늘 있었던 일을 이야기해주었다.

그러자,

『…쿄, 쿄우스케 씨, 사정이 조금 변했습니다.』

갑자기 사오리의 태도가 바뀌었다.

『…잠시만 생각을 정리할 시간을 주십시오.』

지금까지의 사오리의 모습에선 믿기지 않을 만큼 심각했다.

『어쩌면… 저는 쿄우스케 씨의 사랑을… 응원해드리지 못할지도 모르겠습니다.』

사오리 바지나.

언제나 우리의 편을 들어주었던 믿음직스러운 리더는…

『나와 카나코의 사랑을 응원할 수 없다』

미안하다는 듯이 그렇게 말해왔다.

그 이튿날도 나는 카나코와 만났다.

"하아~."

단골이 되어가고 있는 카페에서 나는 한숨을 쉬고 기지개를 켰다.

그러자 맞은편에 있던 카나코가 장난과 걱정이 반반 섞인 목소리로 묻는다.

"왜 그래, 쿄우스케? 좀 어두워 보인다? 귀여운 여자친구랑 같이 있는데 그런 우울한 표정 짓지 마."

"미안… 좀 기운 빠지는 일이 있어서."

사오리가 그런 말을 하다니….

"그렇구나."

카나코는 파르페 스푼을 입에 넣은 채 "으음—" 하고 뭔가를 생각하다가.

"…카나코 아이스크림 먹을래?"

"내가 애냐!"

"꺄하하하. —기운 차렸네."

“…넌 정말이지.”

너야말로 요전번에 우울해했었잖아.

하룻밤 지나고 나니 싹 다 잊어버리질 않나.

그런 점이 싫지는 않아.

마음이 조금 가벼워졌다.

그때 카나코는 파르페 위에 올라간 아이스크림을 스푼으로 떠서 내게 내밀었다.

“쿄우스케에, 아— 해.”

“야, 너, 진짜!”

농담하는 거 아니었냐.

또 사람들 앞에서 이런 짓을 하다니….

“빨리. 나도 부끄럽단 말이야. 자, 아~.”

“…할 수 없군.”

얼른 끝내려고 얼굴을 앞으로 내밀자 카나코는 스푼을 뒤로 물렸다.

“?”

뭐 하려는 거야? 라고 시선을 물었다.

그러자 카나코는.

“따, 딱 한 번뿐이다?”

라며 수줍은 표정을 짓는다. 그러고서,

“쿄우스케 씨♪ 아~해요♡”

난 귀엽게 말해달라고 요청한 적 없는데…!

안 되겠네… 애 눈이 진지해.

할 때까지 봐주지 않을 것 같아….

…아아, 제길! 선택지는 없는 것 같군!

"아, 아~."

"마이쪄?"

"죽을 만큼 부끄럽다!"

"나도ㅋㅋㅋㅋ"

"그럼 하질 마!"

"우와ㅋㅋ 어떡해ㅋㅋㅋ 앞으로 생각날 때마다 죽고 싶어질 것 같은데ㅋㅋㅋ"

공통된 트라우마가 되고 말았다.

나는 테이블에 푹 엎드렸다.

"아아, 진짜 죽어버릴 거야… 아, 아는 사람이 이 꼴 안 봐서 다행이지."

만약 이 현장을 누가 보기라도 했다면 자살 직행이다.

"…다 봤습니다만."

""어?!""

나와 카나코는 동시에 소리가 나는 곳을 돌아보았고—

""으아악—!""

이 상황, 두 번째잖아! 물론 이번에도 나타난 건—

"아야세?!"

—혼자가 아니라.

“…나도 있어.”

그 옆에는 쿠로네코까지.

이미 알고 있겠지만 그녀는 쿠로네코다.

긴 검은 머리에 고딕 롤리타 패션. 중2병 환자로 창작이 취미.

그리고 키리노의 절친.

“왜, 왜 너까지! 그보다 왜 아야세랑 같이 있는 건데! 너희―사이 안 좋은 거 아니었어?!”

불과 며칠 전에 대판 싸웠던 두 사람이다. 그런데 어떻게 나란히 여기에 나타날 수 있지.

너무 놀라 눈앞이 어지러웠다.

“…훗….”

“…큭큭큭.”

어두컴컴하게 웃는 두 미소녀는 기이한 오라를 내뿜고 있었다.

이게 PSP의 ADV였다면 최종 결전 BGM이 흘러나올 상황일 거다.

“…사오리 씨 덕분에 오해가 풀려서 휴전했거든요, 오빠.”

“그녀와 나는 ‘다크 얼라이언스(어둠의 동맹)’를 체결했어.”

중2병 포즈를 하고서 이해할 수 없는 말을 입에 담는 쿠로네코.

그녀는 더욱 기세를 높여 나갔다.

“그래… ‘침식’을 받아들여 검은 천사로 전생한 그녀는 이제 슈퍼 비치가 아니다.”

쿠로네코는 아야세를 흘낏 쳐다보더니.

“…살육의 다크 엔젤 ‘타나토스’라고 불러줘.”

“멋대로 이상한 이름 붙이지 말아요!”

의외로 잘 어울리는 별명인 것 같은데.

"그리고… 내 이름은 복수의 천사 '야미네코'."

"내 얘기 듣고 있어요?"

아야세의 핀잔은 쿠로네코의 귀에 들어가지 않았다.

등 뒤로 일렁이는 검은 오라가 보이는 것 같다.

쿠로네코는 자기 얼굴을 한 손으로 가렸다.

"동맹자 타나토스여… 너도 같은 마음일 터. …저주스럽다… 저주스러워… 이 세상의 모든 것들이 저주스럽다… 연애라는 환상에 혼이 팔려 버린… 모든 리얼충들에게 재앙이 있으라."

이 자식, 너무 삐뚤어졌잖아.

여름 코믹 마켓에서 만났을 때보다 훨씬 악화한 거 같은데.

"자, 다크 엔젤… 소환자인 내가 허가하지. 리얼충들을 갈가리 찢어버려라."

"아니…, 찢기는 뭘 찢어요. 하아, 정말이지 이 사람은… 하지만."

아야세의 눈빛이 날카롭게 빛나며 우리를 꿰뚫었다.

"…후훗, 일리 있는 말이네요. ─카나코?"

"히익."

"─오빠?"

"어, 어."

나도, 카나코도 뱀 앞에 선 개구리처럼 움츠러들었다.

아야세는 낮은 목소리로 말했다.

"저랑 쿠로네코 씨는 그렇다 치더라도─키리노의 마음을 짓밟은 당신들을 나는 용서할 수 없어요."

엄청난 박력이었다.

평소의 나였다면 무릎 꿇고 용서를 빌었을 거다.

하지만 그럴 수는 없었다. 카나코와 있는 순간만큼은 안 되는 이야기였다.

"…후우―."

나는 길고 긴 한숨을 내쉰 뒤 두 사람을 똑바로 바라보았다.

"무슨 소린진 모르겠지만 나와 카나코가 사귀는 게 마음에 안 드는 거야? 그래서 불평하는 거지?"

"…네."

"…그, 그래."

그래, 잘 알았다.

그렇다면.

"먼저 말해두겠는데. 카나코는 내 여자친구야. 내가 정한 내 여자친구다. 불평은 전부 내가 듣도록 하지. ―카나코가 없는 곳에서."

"쿄우, 스케."

내 여자친구의 목소리가 내 이름을 부른다.

이 녀석을 지켜야 한다. 내가 악당이 된다 해도, 상대가 그 누구라 해도.

"…그래. 오빠는 참 한결같네요."

내 뜻이 전해졌는지 아야세와 쿠로네코, 두 사람의 위세가 조금 수그러들었다.

"가죠, 쿠로네코."

"…아뇨, 그들에게 주어야 할 고통은 아직―."

"다시 날을 잡아요. …사람들도 모여들고 있으니까."

"큭….'

쿠로네코는 우리를 손가락질하며 큰소리로 외쳤다.

"두고 보자, 이 우매한 인간들아… 내 저주는 절대로 너희들의 영
혼을 놓치지 않아."

지나칠 정도로 악당에 딱 어울리는 대사였다.

─그렇게.

쿠로네코와 아야세는 우리 앞에서 사라졌다.

데이트를 마치고 집으로 가는 길.

나와 카나코 사이엔 아무 대화도 없었다.

사귀기 시작한 뒤로 계속 소란스럽기만 했는데.

지금은 너무나 조용하다.

천천히, 걷는다.

두 사람의 시간이 끝나는 걸 아쉬워하듯이.

그녀가 사는 맨션이 보일 무렵, 카나코가 문득 걸음을 멈추었다.

"─쿄우스케, 아깐 고마웠어."

나를 올려다보며 말한다.

"두 사람한테서 날 지켜줘서─기뻤어."

"당연한 거 아냐. 고맙단 말 들을 일도 아닌데."

"응."

이제야 이 녀석의 미소가 돌아왔다.

"에헤헷… 제법 멋지더라."

"진짜?"

"응."

"그래. 쑥스럽군."

또다시 침묵이 깔렸다. 카나코는 망설이는 듯한 태도를 보이더니 무겁게 입을 열었다.

"…아까 아야세 옆에 살짝 맛이 간 애가 있었잖아?"

…사람을 이렇게 잔인하게 기억하기냐.

"어, 응. …누구 말하는지는 알겠다."

"걔, 쿄우스케랑 아는 사이지?"

"응. 나랑 키리노의 공통된 친구랄까."

"내 친구도, 쿄우스케의 친구도, 부모님도….'

점점, 목소리가, 무겁고, 작아지더니….

"우리가 사귀는 걸 싫어하네."

"—카나코."

겨우 웃음을 되찾았다 싶었는데.

"…아아~ 왜 그러는 걸까."

점점 목소리가 울먹이더니….

"…모두들 말이야."

투둑, 눈물이 떨어진다.

"…왜 그렇게… 반대하는 거야아."

키리노도, 아야세도 이 녀석에겐 소중한 친구다.

겉보기처럼 가벼운 관계가 아니다.

카나코는 착해서 나까지 걱정해주고 있다.

그리고—.

—우린 부모랑 사이가 안 좋아서. 그래서—지금 자매 둘이 같이 사는 거거든.

—아하하, 말하자면 복잡한 가정환경이라는 걸까나?

우리 부모님이 반대한 게… 많이 힘들었겠지.

다시 한번 위로하려고 입을 열다가,

"아아악～! 젠자아앙～!"

어안이 벙벙해졌다.

몇 초 전까지 울고 있던 애가 큰소리를 지르며 폭발하고 있었다.

"열받아열받아열받아열받아! 완전 짜증나, 그 호박들!"

카나코는, "쿄우스케!" 하고 나를 불렀다.

"네, 네!"

"두고 봐! 반드시 그 녀석들이 다시 보게 만들어줄 테니까!"

물어뜯을 듯한 기세로 이를 드러내는 카나코.

"뭐가 '…이 아이로 괜찮은 거지?'야! 뭐가 '키리노의 마음을 짓밟은 당신들을 나는 용서할 수 없어요.'냐고! '두고 봐라'는 건 내가 할 말이야～! 그 영감탱이, 늙어서 뒈질 때까지 이 두 눈으로 똑똑히 지켜봐주겠어! 그리고 아야세는, 때를 놓쳐서 조바심내는 꼴을 보며 동창회에서 놀려줄 테다!"

핫핫핫핫— 사악하게 웃는다.

"그렇게 하기로 했으니까. 불만 있어?"

나는 발끈해 자기 주장을 펴는 카나코를 멍하니 지켜보다가,

“아하하하하하―.”

폭소를 터트렸다.

너무나 카나코다운 말이어서.

“없어. 불만은 하나도 없지. 복수해주자고. 우리 같이 그 녀석들을 깜짝 놀라게 만들어주자.”

이런, 이런, 하여간―.

내 여자친구는 언제나 이런 여자다.

내가 반한 이유, 이해할 수 있겠나?

Nae yeodongsaengi irerke guiyeoul riga upser ⑰
kanako if
제 4 장

그 녀석들이 다시 보게 만들자.

나와 카나코는 그렇게 다짐했지만, 구체적인 방법에 대한 생각은 없었다.

자, 이제 어떡하지―그런 이야기를 나누던 때였다.

귀에 익은 부드러운 목소리가 나를 불렀다.

"어? 쿄우?"

"응? 오오, 마나미구나."

뒤돌아보니 장을 보고 오는 길인지 사복 차림의 마나미가 미소 짓고 있었다.

물론 카나코는 처음 보는 사이라 고개를 갸웃거리며 내게 물었다.

"누구?"

"소개할게. 내 소꿉친구인 타무라 마나미야."

"안녕하세요~."

"…안녕."

우호적인 태도인 마나미와 달리 카나코는 경계하고 있었다.

"그리고… 얘는 쿠루스 카나코."

"혹시―쿄우 여자친구?"

한눈에 간파당했지만 놀라지는 않는다.

마나미는 내 최대의 이해자니까.

"응, 맞아."

"그렇구나. 흐음~."

마나미의 부드러운 시선이 카나코에게 쏠린다.

한편 당사자인 카나코는,

"야, 야… 괜찮겠어? 어차피 또 반대할 텐데 분위기 험악해지는 거 아냐?"

내가 순순히 관계를 밝힌 것에 불안해하는 눈치였다.

하긴, 그렇지….

아버지도, 키리노도, 아야세도, 쿠로네코도, 사오리마저도 우리가 사귀는 걸 반대하고 있으니까.

당연히 마나미도 그럴 거라고… 네 입장에선 그런 생각이 들겠지?

경계하는 것도 무리가 아니다.

하지만 다른 사람은 몰라도 마나미만큼은 걱정 안 해도 돼. 그래서 순순히 밝힌 거고.

그 증거로 우리 관계를 알게 된 마나미의 반응은―.

"축하해."

"…어?"

"귀여운 여자친구네~. 후후훗. 괜찮으면 나하고도 친하게 지내 줄래?"

거 봐.

독기가 빠진 카나코는 신기하다는 표정을 지으며 고개를 숙였다.

"아, 네에. …저야말로 잘 부탁합니다."

"응, 잘 부탁해~. 무슨 문제 있으면 언제든지 나한테 상담해. 힘이 되어줄 수 있을 거야. 아, 카나코라고 불러도 될까?"

"괜찮긴 한데… 어째 사람이 너무 좋아서 수상한데—."

"뭐, 뭐어?"

"미안, 카나코. 나도 지금 살짝 그런 생각이 들었어."

"쿄, 쿄우까지?!"

마나미가 눈물을 글썽이는 걸 보고 카나코에게 설명해줬다.

"하지만 이 녀석은 가식을 떠는 게 아니야."

"진짜?"

"그럼, 진짜지."

만약 애가 가식을 떠는 거라면 나는 10년도 넘게 속았던 게 된다. 아무리 그래도 그럴 리는 없지.

지금 마나미와 만나게 되어—

적으로 가득한 가운데 의지할 수 있는 아군이 한 명 늘었다.

나는 그렇게 느꼈지만 카나코는 입술을 삐죽거리며 불만을 표했다.

"흐음~ 재미없네."

"야, 반대해도, 축복해도 기분 나빠하면 어쩌라고?"

"아하하… 미안, 카나코. 나랑 쿄우는 그런 거 아니야."

아, 그렇구나.

카나코 녀석, 그런 걸 신경 썼던 거구나.

반대 입장에서 생각해 보면 나도 카나코에게 친한 이성 소꿉친구가 있었다면.

걱정할 거고 질투도 할 거다.

이런 점에 있어서 난 참 바보라니까.

"그렇다면 다행이긴 한데요—."

마나미가 부정해도 카나코의 불신감은 지워지지 않는 눈치다.

"쿄우를 좀 더 믿어줬으면 좋겠다."

"너 말 잘했다."

더 말해줘, 마나미.

"아, 방해하면 미안하니까 난 그만 가볼게. 아직 더 대화하고 싶지만—다음 기회에 하자."

안녕, 카나코.

마지막까지 우호적인 태도를 유지한 채 마나미는 자리를 떠났다.

*

나—쿠루스 카나코는 코우사카 쿄우스케의 여자친구다.

나와 같이 있을 때는 늘 즐거웠으면 좋겠다.

그래서 허세를 부려보았다.

실제로 그건 반은 연기였고—.

어떡할까 고민하는 중이다.

"…다녀왔어."

집에 돌아오니 평소와 같이 언니의 목소리가 날 맞아준다.

"어서 와, 카나. 케이크 있는데 같이 먹을래~?"

"…됐어."

“맛있는 홍차도 타올게요오~♪”

호시노도 웃으며 그렇게 말해주었지만,

“…필요 없어.”

나는 내 방에 틀어박혀 불도 켜지 않은 채 침대 위에 엎드렸다.

“…하아~.”

―키리노의 마음을 짓밟은 당신들을 나는 용서할 수 없어요.

…키리노도 화났을까.

아버지도 날 미워하니까….

쿄우스케도 힘들어졌을 거야.

…헤어지자고 하면 어떡하지.

“…훌쩍.”

눈물을 베개에 문질러 닦는다.

“…울지 마, 바보야. 그런 건 나랑 안 어울린단 말이야….”

―두고 봐! 반드시 그 녀석들이 다시 보게 만들어줄 테니까!

“말은 그렇게 했지만… 어떡하면 좋지.”

어두운 방에서 고민에 빠져 있는데 노크 소리가 들렸다.

“카나―? 괜찮니―?”

토라진 태도를 보이는 바람에 다른 식구들에게 걱정을 끼쳤다는 걸 뒤늦게 깨달았다.

하아… 난 정말 최악이야.

하지만 좋은 기회일지도 모르겠다.

너무 멍청해서 좋은 아이디어라고는 하나도 떠오르는 게 없으니까―.

"언니."

"응? 왜애?"

"―인생 상담할 게 있는데."

제일 가까운 가족에게만 할 수 있는 것이었다.

언니의 작업실에서 두 사람에게 사실대로 털어놓게 되었다.

언니는 책상 위에 있는 작업 도구를 대충 옆으로 밀치고서.

"지금부터 휴식 타임―! 호시, 카나한테 케이크 가져다줘!"

"라저, 선생님―♪"

이 인간들, 정말 프로 만화가 맞긴 해?

내가 이런 소리하긴 그렇지만 너무 건성인 거 아냐?

이 인간들한테 상담해도 될까.

…뭐, 아야세와 키리노가 안 된다면 달리 상담할 수 있는 친구가 ―제대로 된 조언을 해줄 만한 인간이―없긴 하지만.

"케이크는 됐으니까 먼저 얘기부터 들어줄래?"

"그래? 그럼― 말해볼래?"

"실은 남자친구 집에 초대받아서―가족을 소개해줬는데―."

나는 하나도 숨김없이 두 사람에게 이야기했다.

말재주가 없어서 이야기가 꽤 길어지긴 했지만.

다 듣고 난 두 사람의 반응은 이랬다.

"와후― 쿄우스케 멋지네♡"

"'불만은 전부 내가 듣도록 하지. ―카나코가 없는 곳에서'. ―꺄아! 오빠, 날 안아!"

흥분하는 언니&호시노.

나도 남자친구 칭찬에 기분이 좋아졌다.

"그치? 내 남자친구 완전 멋지지?"

"완전 장난 아닌데? ㅋㅋㅋ 어떻게 그러냐? ㅋㅋ"

"걔 진짜 장난 없네 ㅋㅋㅋㅋ"

"두 사람, 흥분하면 무슨 소릴 하는지 해독이 안 되네요~."

조금 전까지 같이 신나 했던 주제에 호시노는 한 발 물러나는 말을 한다.

"바보야, 이런 건 초등학생이라도 알겠다."

"그치? 호시도 아직 멀었구만."

"으음, 누가 지적 좀 해줬으면 좋겠는데―."

―대충.

그런 멍청한 대화를 나누다 보니 무거운 기분이 조금은 가벼워진 것 같다.

조금 전보다는 긍정적인 마음으로 말했다.

"―아무튼 그렇게 된 거야. 어떡하면 좋을까?"

다시 상담 모드로 들어가자, 언니는 상냥한 얼굴로 나를 보았다.

"남자친구한테 많이 사랑받고 행복하네. 아무 문제 없는 것 같은데?"

"응응, 부러워요오~."

호시노도 고개를 끄덕인다.

나를 안심시키려는 배려인 건 안다.

"아냐아냐, 문제투성이란 말이야."

그래도 나는 고개를 저었다.

"—다시 보게 만들어주겠다고 결심했다고. 꼭 그래야만 할 것 같은 기분이야… 설명은 잘 못 하겠지만."

답답한 심정을 서투르게나마 전하려고 노력했다.

"우리 집은 부모랑 사이가 안 좋잖아? 그거야 뭐, 정말로 어쩔 수 없는 일이기는 한데…. 쿄우스케는 같은 경험을 안 했으면 좋겠어. …내가 바보인 거야 사실이고, 그 녀석한테 어울리지 않는 것도 알거든. 쿄우스케는 날 감싸주지만… 계속 보호만 받는 건… 싫어."

언니의 얼굴을 보고 말했다.

"그러니까… 어떻게든 바꾸고 싶어. 아무도 불평하지 못할 여자친구가 될 거야."

그랬더니 언니는 "그렇구나" 하고 머리를 쓰다듬어주었다.

"그럼 그렇게 해."

"응. 그런데 어떡하면 되지?"

"그건 말이지."

언니는 전지전능한 여신 같은 미소를 지으며—.

"언니도 모르겠네용♪ 미안♡"

"언니잇~!"

맥 빠지게 하는 것도 정도가 있지, 이 바보가!

호시노도 쓴웃음을 지으며 기가 막혀했다.

"선생님은 옛날부터 말은 그럴싸하게 하지만 실상 보면 아무 생각도 없을 때가 많더라고요~."

"그, 그치만. 모르는 걸 어떡해~."

"하아~. 언니한테 상담한 내가 바보였어."

"진정하고. 일단 케이크라도 먹자. 그러면 좋은 생각이 날지도 모르잖아?"

그렇게 말하며 언니는 호시노가 가져다준 케이크를 내 앞으로 스스슥 밀었다.

"그럴 때가 아니라고."

"아니, 진짜 이 케이크 맛있으니까 먹어봐."

"…그럼 조금만."

앙, 포크로 한 입 떠서 입으로 가져갔다.

"?! 맛있다—! 이거 뭐야!"

"그치? 그치? 상점가 전통과자집에서 샀어!"

"…왜 전통과자집에서 케이크를 파는 건데?"

"몰라."

"그 가게 10월부터 양과자도 팔더라고요~."

"아, 맞다. 그때 핼러윈 페어가 있었지—."

두 사람은 케이크도 파는 전통과자점 이야기에 푹 빠졌다.

그 옆에서 나는 신기하게 맛있는 케이크를 깨끗이 비우고 홍차를 마셨다.

"하아아."

잘 먹었다~ 배를 문질문질했다.

내가 이러고 있으면 쿄우스케가 비통한 표정을 짓기 때문에 최근 엔 안 하려고 조심하고 있지만—집이니까 괜찮지, 뭐.

매우 만족스러워하는 나를 보고 호시노의 얼굴도 덩달아 흐뭇하 게 풀어졌다.

"맛있는 걸 먹으면 행복해지죠~."

"?! 홋시, 지금 좋은 말 했어!"

""어?!""

"요리 말이야, 요리! 카나가 쿄우스케네 식구들한테 직접 만든 요 리를 대접하는 거야! 맛있게 만들면 분명히 다시 봐줄—아냐, 다시 보게 만들 수 있겠지! 그리고 귀여운 여자친구가 만든 요리를 쿄우 스케는 기쁘게 먹어줄 거야! 이 아이디어 어때?! 카나!"

내 인생 상담에 대한 언니 나름의 대답.

그 말을 들은 나는 잠시 생각에 잠겼다.

"…으음, 요리라."

상상해봤다.

쿄우스케에게 내가 만든 밥을 먹여주고—

—맛있다! 이거 뭐야!

—으헤헷~ 사실 이건 카나코가 직접 만든 거거든?

—진짜?! 너 멋지다—다시 반했어!

—그래? 뭐, 그 정도이긴 하긴 하지~.

—사랑한다… 카나코. 오늘부터 난 너만을 위해 살아가겠어.

이러는 거 아냐~!
"…그거 좋은 생각인데."
"카나, 침 닦아, 침."
"흐헤헤… 그럼 당장 내일부터 요리 가르쳐줘♪"
"어? 나 요리 못 하는데?"
잘 알거든.
"걱정 마, 언니한테는 처음부터 기대 안 했으니까."
나는 호시노를 슬쩍 쳐다보았다.
"거기 메이드. 그러니까 잘 부탁한다."
믿고 있다, 는 의미로 어깨를 두드렸다. 하지만 상대는 곤혹스러
워했다.
"어머나, 나도 요리는 못 하는데요~?"
"아니, 메이드 카페에서 일한다면서?!"
"가게에서 파는 요리는 다 레토르트예요!"
힘주어 단언한다.
"……."
카나코오, 이 녀석이 일하는 가게엔 저얼대로 안 갈 거야.

그날 저녁, 쿄우스케에게서 전화가 걸려왔다.
『카나코─나야, 나. 내일 어떡할래?』
"아, 미안. 나 내일 일이 좀 있어."
『그래. 그럼 모레는?』
"모레는 괜찮아. 근데… 아, 아무래도 이 얘기는 안 하는 게 좋겠

네.”

언니가 제공한 아이디어 얘기다.

내가 던진 미끼에 쿄우스케는 기분 좋은 반응을 보여줬다.

『뭔데, 궁금하잖아.』

“에헤헷… 뭐, 기대하시라.”

금방 요리를 배워서 카나코의 포로로 만들어줄 테니까.

그런 대화를 나눈 다음 날 아침.

나는 평소와 달리 일찍 일어나 역 앞으로 갔다.

요리책을 사기 위해서다. 그렇다. 어제 쿄우스케의 데이트를 거절한 건—.

요리 특훈을 하기 위해서다.

그렇게 적당한 요리책을 산 것까지는 좋았는데.

“어어— 감자, 양파, 돼지고기… 재료도 사야 하는구나… 근데 우리 집에 요리할 도구가 있었나?”

나는 요리라곤 해본 적도 없고, 언니도 요리를 못 한다고 했는데.

혹시 집에 식칼이나 냄비도 하나 없는 거 아냐?

“어떡하지… 도구를 뭘 사면 좋은지도 모르겠어—.”

…어떡해.

돈이야 언니한테 말하면 얼마든지 주겠지만….

이건 그런 문제가 아닌 것 같다. 요리 연습 이전의 문제인 거지

~.

“끄응~.”

머리를 긁적이며 슈퍼 앞에서 신음하고 있는데,

“어? —카나코?”

평범한 여자와 마주쳤다.

"이런 데서 만나다니 우연이네."

"? …누구?"

"어? 어제 만났잖아?"

응? 으음~?

"혹시… 잊어버렸어? 타무라 마나미야~. 쿄우의 소꿉친구인."

"오—."

그러고 보니 그런 애가 있었지.

미안해.

나 관심 없는 인간의 얼굴을 못 외우거든~.

"생각났다, 생각났어. 그 묘하게 수상쩍었던 인간 말이구나."

"…나 수상쩍어 보이는구나."

크게 어깨를 떨구는 안경녀.

"쿄우한테는 '넌 정말 평범하구나'란 소리 자주 듣긴 하는데."

"'평범한 녀석'이 이 세상에 어디 있냐. 만약 있다면 그건 '평범한 녀석'이 아니라 '평범한 척하는 녀석'뿐일걸."

"재미있는 생각이네."

키득키득, '쿄우스케의 소꿉친구'가 웃는다.

"하지만 나도 동감이야."

…나 얘 좀 불편해.

"카나코, 오늘은 저녁거리 사러 온 거야?"

"…음, 그렇다고 할 수 있지."

조금 다르지만.

"헤에~ 뭐 만들게?"

"고기감자조림."

"고기감자조림하고— 또 뭐?"

"어?"

"된장국 같은 거 같이 안 만들어?"

"아—."

이런, 전혀 생각 안 해봤네.

나는 너무나 아무것도 모르는 상태라 부끄러워졌다.

고개를 푹 숙이고 아무 말을 못 하고 있자,

"카나코. …힘든 일 있으면 내가 힘이 되어줄게."

그렇게 상냥하게 말을 걸어온다.

나도 이 정도는 안다. 진심으로 하는 말이라는 걸.

하지만 왜? 이 사람, 도대체 뭐지?

당혹스러웠다.

늘 웃는 얼굴인 건 언니나 그 어시랑 똑같지만… 내가 지금까지 만나본 적 없는 타입으로 느껴졌다.

결국 솔직하게 물어보기로 했다.

"…왜 그렇게 친절해요? 우린 겨우 어제 만난 사이인데."

"쿄우 여자친구라면 나한테도 여동생 같은 사람이니까."

"…그게 이해가 안 되거든요."

잔뜩 날이 선 걸 감추지도 않고 묻는다.

"…쿄우스케랑 무슨 사이인데?"

"오래 알고 지낸… 사이 좋은 소꿉친구야."

매섭게 따졌는데 부드러운 대답이 돌아온다.

"그 말론 이해가 안 되려나?"

“안 되는데요.”

“그렇구나… 하지만 힘이 되어 주고 싶은 건 진짜야. 쿄우를 제외하더라도 참견하고 싶어지는 얼굴이거든, 지금의 카나코는.”

“그런 얼굴을….”

하고 있을지도 모르겠다.

“저어….”

“응? 뭔데?”

“…가르쳐 주세요.”

“미안, 뭐라고?”

“나한테 요리… **가르쳐 주세요!**”

“응, 알았어. 나만 믿어, 카나코.”

…분위기에 휩쓸려 부탁하긴 했는데.

이렇게 순순히 OK해줄 줄이야.

사람이 너무 좋은 거 아냐? 무슨 꿍꿍이라도 있나?

“그럼 당장 재료 고르는 법부터 렉처시켜줄게.”

…렉처는 또 뭐래.

흥, 뭐… 가르쳐준다니까 배워주도록 하지.

“잘 부탁드립니다, 사부님!”

이때는 그렇게 가볍게 생각했었다.

그런데 설마, 정말로, 엄청난 일을 꾸미고 있었고—

그렇게 시달리게 될 줄은 생각도 못 했다.

시간을 되돌릴 수만 있다면 당시의 내게 말해주고 싶다.

타무라 마나미는 끔찍한 인간이라고.

*

그날.

나는 방에서 입시 공부에 매진하고 있었다.

카나코는 볼일이 있다고 오늘은 못 볼 거라고 했다.

그렇다면 해야 할 일을 미리 해둬야지.

'다시 보게 만들 방법'을 생각하거나 이렇게 공부를 하거나 말이
다.

…여자친구가 생겼다고 학업에 소홀해졌다—는 소리는 듣고 싶
지 않으니까.

카나코를 위해서도, 나 자신을 위해서도.

"…흐음."

그런데… 난 여자친구가 생겼는데도 생각보다 별로 들뜨지를 않
네.

좀 더 흥분해서 소리 지르거나 그럴 줄 알았는데.

왜 그럴까 생각해 보니 아마 사귀기 전부터 데이트 비스므리한
걸 많이 했기 때문이란 사실을 깨달았다.

"기본적으로 사귀기 전이랑 달라진 게 없긴 하네."

…아니, 그렇진… 않나.

키스를 재촉하던 그때도… 확실히 두근거리기도 했고.

다만 뭐랄까 카나코는… 나이도 어리고, 조그매서….

"아아, 그래. 딱 맞는 비유가 있었네."

키리노가 좋아하는 게임에 나오는 로리로리한 여동생 주인공을 공략하는 것 같은 기분이다.

야한 눈으로 보기에는 거부감이 든달까.

시건방진 딸아이를 예뻐하는 감각이랄까.

좀 그런 느낌이란 말이지.

"…으음."

그런 건 걔도 싫겠지.

머리를 쓰다듬을 때마다 '어린애 취급하지 마'라고 화내니까.

그게 또 귀엽긴 하다만.

"……."

…너무 갑자기 관계가 진전해버린 탓도 있겠지.

그 녀석에 대한 애정을 좀 더 키우고 싶다.

집중하다 보니 어느새 밤이 되었다.

"슬슬 저녁 먹을 때네."

공부를 하며 '되돌아보게 만들 방법'에 대해 고민해봤는데….

키리노와 아야세, 쿠로네코와 사오리—이 녀석들이 우리가 사귀는 걸 반대하는 이유를 도무지 모르겠다. 그래서 어떻게 상황을 개선시킬 수 있을지도 짐작이 안 갔다.

현재까진 항복.

하지만 아버지만은 별개다.

아버지가 우리의 교제를 반대하는 건 단순히 카나코가 마음에 안 들어서일 거다.

이유를 확실히 알고 있으니 어떻게 대처할 수 있을 것 같기도 했다.

나만 할 수 있는 일이 있다.

그건 아버지와 대화하는 거다.

연애·교제·연인·결혼—이런 문제에 있어서 아버지가 어떻게 생각하는지 찾아봐야겠다.

앞으로 우리의 강력한 무기가 될 거다.

말이 많았는데, 간단히 요약하자면 지금 내가 해야 할 일은—

아버지와 연애에 대한 이야기를 나누는 거다.

거실로 들어가자 아버지가 이미 식탁에 자리를 잡고 앉아 식사를 기다리고 있었다.

때마침 우리 둘뿐이었다.

당장 물어봐야지.

"아버지."

"왜 그러냐, 쿄우스케."

낮고 위엄에 찬 목소리.

한 집안의 기둥에 걸맞은, 토사 투견 못잖은 무서운 인상.

그런 아버지에게 나는 전력을 다해 질문을 던졌다.

"엄마랑 첫 키스 언제 했어?"

"풉!"

아버지가 차를 뿜는다. 그러고선 바로 주먹이 날아왔다.

아얏!

"이, 이 멍청한 놈이! 부모한테 뭘 그런 걸 물어보고 그러냐!"

"부모의 체험을 참고로 삼으려는 게 뭐가 나빠!"

"…내 체험은 참고가 안 돼."

"그럴 리가 있나. 이렇게 우리가 있다는 게 그 증거인데."

"……."

굉장히 못마땅한 표정을 짓는 아버지.

아무리 봐도 이 사람은 연애 이야기를 나눌 성격이 아니긴 해.

하지만 밀어붙이자…! 어떻게든 아버지한테서 유용한 정보를 얻어내야 해…!

"흠, 좋아."

내 진심이 전해졌는지 말해줄 생각이 들었나 보다.

아버지는 떨떠름하게 이야기를 시작했다.

"…내가 네 또래였을 때. 당시 엄마는 내 후배였는데."

어라, 나이 차가 그렇게 안 났었나.

아버지가 노안인지 엄마가 동안인지 모르겠네.

"어느 날 엄마가 교사 뒤로 불러내서… 그때."

"……."

부모님의 첫 키스 에피소드라….

이 건에 있어선 노코멘트를 일관하도록 하겠다.

내가 정신적 고통을 애써 견디고 있는데 주방에 있던 엄마가 대화에 끼어들었다.

"참고로 그때 키스한 것도 내가 먼저고, 고백한 것도 내가 먼저고, 첫 데이트 신청한 것도 내가 먼저야. 저 사람은 꼼짝도 안 했다니까. 정말 이 사람이 날 좋아하기는 하나~ 몇 번을 의심했는지 모른다, 애."

"……."

아버지는 아무 소리도 못 내고 있었다. 한심하게도 쭈굴쭈굴해져만 있었다.

이 건에 있어선 노코멘트를 일관하도록 하겠다!

아버지를 정신적으로 쓰러뜨린 엄마는 달콤한 목소리로 말했다.

"쿄우스케는 아빠 따라하면 안 된다?"

"…어, 응."

무서워.

"조심해라, 쿄우스케. 교제 초반에 실패하면 평생 구박받으면서 살게 되니까."

너무나도 무겁고 꼴사나운 '아버지의 유용한 정보'였다.

"나를 보고 배워라."

…잘 알았어, 아버지.

새가 지저귀는 소리가 아침을 알린다.

기분 좋은 잠결 속에서—

"쿄우스케."

달콤한 목소리가 들려왔다.

"쿄우스케, 아침이야♡"

몸을 흔드는 감각은 각성하기엔 부족해서 내 의식은 다시 꿈나라로 가라앉았다.

"일어나♡"

"…으음."

"뭐야~ 기껏 귀엽게 깨워주고 있는데~. 눈을 안 뜨네. …아, 좋은 생각 났다. 쿄우스케에~ 빨리 안 일어나면—."

코에 숨결이 닿는 느낌. 온몸에 묵직한 무게감이 느껴진다.

“뽀뽀, 해버린다♡”

그 순간 눈이 떠졌다.

“…….”

“…….”

두 사람이 서로를 응시하길 몇 초—.

“아얏?! 이, 이이이, 일어났어…?!”

“지, 지금 깼어.”

“~~~~~~~~~~~~~~으.”

이불 속에서 날 끌어안은 채 새빨간 얼굴로 부끄러워하는 카나코.

입술이 닿을 것처럼 가깝다.

“쿄, 쿄우스케… 너… 타이밍 나빠.”

“하하, 조금 더 자는 척을 했어야 했나.”

“시, 시끄러워… 바보야! 뭐야… 왜 그렇게 차분한 건데… 치사해… 난 이렇게 부끄러운데.”

…티가 안 날 뿐이지.

나도 너무 부끄러워서 죽을 것 같다고.

카나코가 말할 때마다 숨결이 입술에 닿아 미칠 것 같았다.

“나도 놀랐어. 도대체 무슨 일이야?”

“아니…, 아침에 깨우러 오면 네가 기뻐할 것 같아서. 아줌마한테 부탁해서 안에 들어왔어.”

“…그렇구나.”

카나코 녀석, 우리 집에서 그런 일을 당한 지도 얼마 안 됐는데

….

바로 앞에 있는 얼굴에 대고 말해주었다.

"진짜 기뻤어."

"정말?"

"정말."

"…헤헤헷."

카나코는 행복하게 헤실거리며 내게 찰싹 달라붙었다.

"…카나코."

"…응?"

"널 좋아해."

"…바보 아냐."

그렇게 투덜대는 카나코의 얼굴은 너무나 행복해 보였다.

아침 식사.

식탁에는 나 외에 키리노, 아버지, 엄마~

그리고 카나코가 있었다.

"아아, 오늘 아침은 카나코도 같이 먹는구나."

"그치! 아─ 이게 아니라, 응!"

가식을 떨 때가 아니면 말투가 아무래도 거칠어진다니까.

그래도 나름 신경 써서 말하려는 것 같긴 했다.

내 부모님 앞이라서 그럴 거다.

'되돌아보게' 만들기 위해서─그 생각만으로도 애정이 더욱 커졌다.

"내가 불렀다. 같이 먹자고─."

엄마는 아버지를 보며 생긋 웃었다.

"괜찮지, 여보?"

"응."

무거운 목소리로 고개를 끄덕이는 아버지. 이 두 사람에겐 허락을 받았지만, 마지막 한 명이 입을 열지 않고 있었다.

"……."

키리노 녀석, 아직도 기분 안 좋은가 보네.

카나코와 눈도 마주치려 하지 않고 있잖아.

"잘 먹겠습니다―."

아침 식사가 시작되었다.

오늘 아침 메뉴는 고기감자조림에 시금치나물, 된장국.

평소보다 더 일본 전통식이란 느낌이다.

묵묵하게 젓가락을 움직여 고기와 쌀밥을 입으로 가져간다.

그러자.

"…으음."

카나코의 시선이 느껴졌다.

"왜?"

"아, 아냐?"

뭐 숨기는 게 있는 것 같은데 그게 뭔지 모르겠다.

고개를 갸웃거리는 내게 엄마가 물었다.

"쿄우스케, 어떠니? 오늘 반찬 평소랑 간을 좀 달리 해봤는데."

"아아, 그러고 보니… 평소랑 맛이 다르네."

"맛있지."

"맛있다 정도까진 아니고 그냥 평범해."

내 감상에—.

"……."

무슨 이유에서인지 카나코가 충격을 받았다.

"너는 뭐가 그렇게 잘나서 그런 소릴 하니?!"

그리고 엄마가 무지막지하게 화를 냈다.

"우왓… 아니, 그치만 '식사에 대한 감상은 솔직하게 말하라'고 엄마가 늘 그랬잖아. 그, 그치, 아버지."

"그래. 그게 집안의 룰이지."

솔직히 엄마는 요리를 못 하니까.

솔직히 말하지 않으면 맛없는 요리가 자꾸 식탁에 등장하게 된다. 그걸 피하기 위한 지혜였는데.

발끈한 엄마가 이번엔 아버지에게 묻는다.

"여보는? 어때?"

"아침 식사? 뭐, 평범하네."

나와 아버지는 같은 미각의 소유자인가 보다.

뒤이어 엄마는 키리노를 보았다.

"키리노는?"

"감자를 너무 익혔어."

낮은 평가의 리뷰가 돌아왔다.

…아까부터 엄마가 왜 저렇게 필사적이지?

그리고 카나코는 왜 점점 쭈그러드는 거야?

상황을 파악하지 못하고 곤혹스러워하는 내게—

"하지만 쿄우스케, 너는 운이 좋구나."

아버지가 말했다.

"결혼 초기에—엄마가 만드는 요리는 끔찍하게 맛이 없었지. 이 고기감자조림하고는 비교할 수도 없을 만큼."

"그, 그랬구나."

"그래, 도저히 먹어줄 수 없을 정도였어."

지금보다 더 끔찍했다면 그랬겠네.

갑자기 과거 에피소드를 폭로당한 엄마가 날 선 목소리로 말했다.

"어머~ 그래. 여보, 아침부터 참 부부싸움이 하고 싶은가 봐?"

"그게 아니라!"

크게 당황해서 변명하던 아버지는 헛기침을 한 번 한 뒤.

"엄마는 그 뒤로 열심히 요리 연습을 해서 지금은 평범하게 먹을 수 있을 정도의 요리를 만들 수 있게 되었어. —가족을 위해서 그런 거지."

"그렇구나."

진심으로 존경스러운 에피소드였다.

"그럼 고맙게 먹어야겠네."

"그래. 그리고 쿄우스케… 처음부터 '이걸' 먹을 수 있는 너는 아주 운이 좋은 거다."

감사히 먹어.

아버지는 그렇게 말을 맺었다. 그런 다음 나와 키리노와, 엄마를 순서대로 쳐다본 뒤….

마지막으로 카나코를 향해 고개를 끄덕였다.

"그럼 정식으로—잘 먹겠습니다."

우리는 푹 익은 고기감자조림을 만들어준 사람에게 고마워하며 식사를 즐겼다.

가족 모두 함께.

＊

타무라가의 주방―이랄까, 부엌.

"사부님~ 망했어."

"그랬구나…. 기운 내, 카나코. 좀 더 연습하자. 또 가르쳐줄게."

"응."

나~쿠루스 카나코는 오늘도 마나미 사부님 밑에서 요리 특훈을
하고 있었다.

"좋았어, 해보자고―."

덥석! 식칼을 움켜쥐고 감자 껍질 벗기기에 도전한다.

"카, 카나코. 좀 더 조심해서….."

"날 믿어, 사부님―."

"…괜찮을까."

사부님의 걱정은 적중해서―

"앗."

감자 껍질을 벗기던 식칼은 본체를 깊이 파고들고 말았다.

그걸 본 사부님은 쓴웃음을 지으며 말했다.

"아하하… 너무 많이 잘랐네~."

"이 식칼 너무 잘 드는 거 아니에요?"

"도구 탓하지 말기."

"네에~. 그런데 왜 또 고기감자조림이에요? 같은 것만 만들면

별로잖아요?”

그 뭐더라, 이탈리안 같은? 멋들어진 요리를 만들고 싶은데?

그렇게 주제도 모르고 우쭐대는 제자에게 사부님은 “떼찌” 하고 검지를 세웠다.

“그러면 못 써~. 그런 말은 하나의 요리를 맛있게 만들 줄 알게 된 다음에나 하라고. —아, 이 봐, 또 깊이 잘랐잖아.”

“으.”

제길, 능숙해지질 않네—.

“…나 요리랑 안 맞나봐.”

“그런 말하긴 10년은 이른데~.”

“사부님~ 그치만~나는 잘하는 건 처음부터 잘하고, 못 하는 건 계속 못 하는 타입인데~.”

노래나 춤은 처음부터 귀엽게 잘했다고.

공부는 완전 다 꽝이어서 중간부터 할 의욕도 잃었고.

징징대는 내게 사부님은 말했다.

“으음. 이건 혹시나 해서 하는 말인데… 카나코는… 내가 ‘나는 둔해서 노래랑 춤은 나랑은 안 맞나’라고 하면 어떻게 생각할 거야?”

“으음, 글쎄—.”

잠시 생각해봤다가.

“사부님한텐 미안하지만 바보 아냐? 라고 할 것 같은데요. 그런 말은 남보다 백 배는 연습한 뒤에나 할 소리지.”

“그치?”

“어? 그게 왜요?”

“으, 음… 그러니까 있지?”

끄응~ 고민에 잠기는 사부님.

“뭐든 다 똑같아. 정말로 할 마음이 있다면 묵묵히 연습하는 거야.”

“네에~.”

나는 순순히 대답했다.

징징대기는 했지만—.

특훈을 그만둘 생각은 전혀 없으니까.

“아얏! 손가락 뻤어!”

“…기본부터 다시 해야겠네. 가만히 있어, 지금 구급상자 가져올게.”

“으으…. 제길~.”

정말 재능 없나 봐.

“요리 특훈이 일단락되면 다음은 청소 렉처를 해줄게. 내일도 쿄우네 집에 갈 거지?”

이 녀석, 겉보기엔 사람 좋아 보이는 얼굴인데 되게 엄격하잖아.

하지만

“해, 해내겠어요!”

지금은 고마웠다.

“네, 대답 시원하고 좋네요.”

우리가 사귀는 걸 반대한 인간들이 다시 보게 만들고—

쿄우스케에게 어울리는 여자친구가 되기로 결심했으니까.

*

"…시간이 벌써 이렇게 됐네."

여자친구가 오전 중에 돌아가버려서 오늘은 하루종일 공부를 했
다.

취침 준비를 마치고 침대에 눕는데 휴대폰에 메시지가 들어왔다.

『나, 지금 막 누웠어』

카나코였다.

『잘 자』

짧디짧은 메시지.

"…이 녀석."

대답을 입력했다.

나도야… 라고. 답장을 보내자 바로 답장이 날아왔다.

『쿄우스케』

『쪽♡』

"바보냐."

바보 커플이나 보낼 메시지라니.

부끄럽잖아. …기쁘지만.

속으로 몸부림치는데 다시 카나코가 메시지를 보내왔다.

"네, 네."

이번엔 뭐라고 보냈을까.

『대답을 해야지＼(˚ㅍ´ ;)／』

"귀찮은데."
할 수 없지, 상대 좀 해줄까.
상대방에게 맞춰 특수문자를 써줘야지.

(´ε`)

송신.

『이모티콘 기분 나빠. 똑바로 해.』

"따지는 게 많네."

『다시. 진지하게 안 하면 나 정말 화낼 거야』
라는 카나코.

"네이, 네이."

『쿄우스케』
『좋아해♡』

…이 메시지에 답장을 하라고?

『나도 좋아해♡』

이러면 됐겠지! 아아, 부끄러워!
그러자 카나코한테선 이런 대답이 돌아왔다.

『지금 메시지, 저장했다(//▽//)』
"…앗, 너…!"
제길…! 이 자식…!
얼굴이 화끈거려서 잠이 다 깨어버렸잖아.

그런 대화를 나눈 이튿날에도 눈을 뜨니 눈앞에 그녀가 있었다.
"여어, 쿄우스케―굿모닝♡"
"어, 굿모닝."
오늘도 깨우러 와줬나 보다.
이 녀석, 설마 앞으로 매일 올 생각인가?
물론 기쁘긴 한데… 여러 의미로 놀라고 있었다.
"우리 집에 올 거면 어제 메시지할 때 말을 하지 그랬어."
"아니, 놀랄 것 같아서."
"물론 놀라긴 했지만."
"히힛."
만족스러워 보인다.
"아침밥 다 차렸대. 어서 내려가자."
"네, 네."
이 녀석… 마지 자기 집처럼 행동하잖아.

내가 카나코를 대단하다… 고 생각하는 건 바로 이런 점이다.

아니… 카나코는 내 여자친구로서 코우사카가에서는 인정받지 못하고 있잖아?

아버지도, 키리노도 차갑게 대하고 있다.

그런 상황에서 또 와야지—란 생각은 보통 안 하니까.

그런데 카나코는 뻔질나게 우리 집을 찾아와 같이 밥도 먹고, 이제 조금씩… 코우사카가에 어울리고 있었다. 그게 얼마나 대단한 일인지… 감탄만으로는 부족할 정도였다.

지금도—.

코우사카가의 아침 식사 풍경에는 카나코가 있었다.

""잘 먹겠습니다—.""

모두 함께 손을 모아 인사한 뒤 아침 식사를 한다.

"어, 또 고기감자조림이네."

의아해하는 우리에게 엄마가 묻는다.

"오늘 고기감자조림은 어때?"

"괜찮은 것 같은데? 난 좋아."

"음, 오늘은 푹 익히지 않았군."

"그치?"

나와 아버지는 호평이었지만 유일하게 키리노만이 "고기가 너무 질겨" 라고 퇴짜를 놓았다.

지가 뭐라고 이런데.

"…으음."

그런 우리의 대화를 카나코가 진지하게 지켜보고 있었다.

식사 자리에서… 엄마가 플레이팅에 많은 신경을 쓴 그 고기감자조림은 순조롭게 줄어들었다.

"저어—."

카나코가 엄마에게 말을 건넸다.

"왜 그러니, 카나코?"

"아침 치우는 거랑 청소하는 거, 도와도 될까요?"

"어머~ 괜찮겠어?"

"물론이죠."

"으음—, 그러면… 쿄우스케 방을 부탁해도 될까?"

"히힛, 맡겨만 주세요. 깨끗하게 치워놓을게요!"

엄마랑 이야기를 마친 카나코는 뒤이어 내게 물었다.

"그러니까 네 방 청소하러 들어가도 돼?"

"응. 그런데 딱히 청소 안 해도 되는데?"

"괜찮으니까 하게 해줘. 알았지?"

"뭐, 그러면 고맙기야 한데….."

아. 이 녀석… 설마….

—두고 봐! 반드시 그 녀석들이 다시 보게 만들어줄 테니까!

그런 거였구나.

"알았어, 부탁할게."

"응! 구석구석 아주 광을 내주겠어!"

시원스레 웃으며 청소를 맡은 카나코.

아침 식사를 마친 뒤 그녀는 엄마와 함께 뒷정리를 한 다음 거실로 달려나갔다.

카나코가 적극적으로 움직이는 한편에서,

"…야, 뭘 보는 거야?"

키리노다. 이 녀석은 요새 왜 이렇게 기분이 안 좋은 건지.

마침 거실에 단둘이 있게 된 참에 물어보기로 했다.

"야, 너 요새 기분 안 좋아 보이더라?"

"무슨 상관이야."

"상관 있지."

"왜."

짧게, 짜증난다는 듯이 돌아오는 대답.

나는 뭐라고 답할지 고민하다가,

"내가 슬프잖아."

진심을 그대로 전했다. 그래야 한다고 생각했으니까.

"뭐, 뭐어?"

무슨 소리야… 라며 키리노는 당황했다.

이런 반응이 나오는 게 당연하겠지.

오빠한테 '네가 기분이 안 좋으면 내가 슬퍼' 라는 소릴 듣는다면 말이다.

나도 나답지 않다고 생각한다. 부끄럽기도 하고. 하지만 둘이 약속했는데 여자친구만 노력하게 두다니—그럴 수는 없잖아.

그러니까 미안하다, 키리노. 오늘의 나는 직진이다.

"너랑 조금은 대화를 나눌 수 있게 되었는데 말이야… 이래선 예전으로 돌아간 꼴이잖아."

"…싫어?"

"당연하지."

단언했다.

"나는… 지금 이 상황을 해결하고 싶어."

"…아, 그러셔."

후우, 하고 내쉬는 무거운 한숨. 그러고서 키리노는 작은 목소리로 말했다.

"저기."

"응?"

"—카나코, 노력하고 있는 거지?"

"…그렇지."

긍정했다. 그러니까 나도 노력하려는 거다.

"그렇겠지—."

키리노는 힘없이 고개를 숙였다.

"…아아, 난 뭘 하고 있는 거람."

키리노는 그 뒤로 입을 다물었고… 우리들 사이에 어색한 침묵이 깔렸다.

"……."

"……."

"뭐 좀 물어봐도 돼?"

"응, 뭔데?"

"요전에… 네가 그랬잖아."

—나도 그런 게 좀 있어.

—너한텐 말할 수도 없고 말할 생각도 없어.

—미안하지만 난 너희 편은 들어줄 수 없겠다.

—…미안.

"그거, 무슨 의미야?"

"말할 생각 없다고 했잖아?"

"알지만 물어보는 거야. 꼭 물어봐야 하니까."

키리노는 괴롭다는 듯 눈을 내리깔았다.

"지금은 말할 수 없어."

"키리노."

"나도 네가 무슨 말을 하고 싶은지는 알아."

그 말은 사실이었다.

"사오리랑 검은 애랑 아야세 때문에도 그렇지?"

내가 하고 싶은 말을 키리노는 정확하게 맞혔다.

"응…. 그 녀석들, 나랑 카나코가 사귀는 걸 반대하더라고."

"알아. 나도 두 사람하고 대화했으니까. 이대로는 좋지 않다는 것도 알고 있어."

"그러면."

"바보야, 걱정 안 해도 되거든."

그 순간, 키리노의 표정이 갑자기 밝게 바뀌더니,

"—확실하게 결판 지을 기니까."

뭔가 꽉 막혔던 게 내려간 것 같은, 아니면 각오를 다진 것 같은

—

내 여동생다운 힘찬 미소를 지었다.

"…그래."

그럼 너한테 맡길게.

모든 걸 이해하지 못한다 해도 그런 표정을 짓는데 내가 어떡하겠어.

"내가 뭐 할 수 있는 거 있을까?"

"으음, 아니, 딱히 없긴 한데. 일단 자기 방으로 가보는 게 좋지 않겠어?"

내 방에는 왜?

"내가 빌려준 게임이랑 요전에 선물해준 게임이랑 그대로 방에 있지 않나?"

"…아."

키리노의 충고가 방아쇠가 되어 내 기억이 환기되었다.

—아야세, 같이 이 게임을 하자!
—야, 야야야, 야한 게임이잖아요!

—구석구석 아주 광을 내주겠어!

내주겠어—내주겠어—.

카나코의 목소리가 뇌리에서 연신 반복되었고,

"으아아아아아아아아아아아아아아아아아아아아아아아아아아악!"

나는 절규를 내지르며 방으로 달려 올라갔다.

"풋, 바보 아냐."

오빠의 추태를 동생이 비웃고 있다.

황급히 사라지는 내 귀에 들린 건 거기까지였고—

“…잘해보자고, 오빠.”

자애로움으로 가득 찬 속삭임은 누구의 귀에도 전해지지 못한 채 사라졌다.

“어떡하지~ 어떡하지어떡하지어떡하지어떡하지어떡하지어떡하지어떡하지!”

요란하게 계단을 달려 올라가,

“카나코!”

내 방의 문을 힘차게 열었다. 그러자,

“으햐악!”

먼지떨이를 휘두르던 카나코가 눈을 휘둥그레 뜨고 나를 쳐다본다.

—안 늦었나?

나는 숨도 고르지 못하고 방 안을 둘러보았다.

일단—‘키리노 때문에 생겨난 위험한 물건’들의 모습은 보이지 않았다.

“카, 카나코… 자, 잠깐만.”

“왜, 왜?”

…휴우, 아무래도 최악의 사태에 빠지진 않은 것 감군.

내가 생각해도 악운이 강한 남자다.

“어, 청소를 해주는 건 고마운데—.”

일단 키리노한테 빌린 이거랑 그거 등등을 침대 아래의 비밀 공간에 숨겨야 하는데.

자, 어떻게 잠시 방에서 내보낼까.

나는 두뇌를 풀가동해 생각했다.

하지만….

"저기—."

"응?"

"필사적으로 머리 굴리는데 미안한데."

카나코는 차가운 목소리로,

"이거 뭐야?"

『시스터×시스터』 패키지를 내게 들이밀었다.

"……."

궁지에 몰린 나는 당당한 목소리로 솔직하게 말했다.

"『시스터×시스터~시스터 콤플렉스 러브 스토리~』라는 게임인
데."

"죽어."

"……."

"죽어."

진지하게 반복해 말하는 카나코. 화내는 거보다 더 무서워.

"그, 그런 거 아니야."

뭐가 아니냐, 쿄우스케.

생각해, 쿄우스케.

이 궁지에서 벗어날 수 있는 말을…!

"그거 이상한 게임 아니거든?"

"뭐? 이거— 야한 게임이잖아?"

그렇습니다.

"…야, 야야, 카나코… 너 남의 물건을 멋대로 보다니, 그러는 거 매너 없는 행동 아냐?"

"당당히 책상 위에 올려져 있던데?"

나 바보니.

그래 놓고서 감히 여자친구가 방에 들어오는 걸 순순히 허락하다니.

카나코는 후배를 꾸짖는 무서운 선배 같은 톤으로 말했다.

"너 적당히 좀 해라. 알고 있어?"

"하아."

"뭐가 '하아'야? '네' 라고 해야지?"

"네."

"목소리가 작다."

"네!"

"야, 너 지금 카나코한테 살짝 화났지?"

"안 났습니다."

"진짜?"

"정말입니다. 진짜로 진심입니다. 카나코 님은 제 여신입니다."

"그럼 됐어—. 뭐, 잘은 모르겠지만—."

뭐를.

"카나코느은 야한 거 때문에 화가 난 건 아니거는?"

"진짜요?"

"그럼."

카나코는 천천히 팔짱을 꼬고서 고개를 끄덕였다.

"남자니까 그런 거에 관심이 있는 거야, 뭐— 어쩔 수 없는 일이니까. —그런 점은 이해하거든? 나는 말이지.”

수상한 소리를 꺼내기 시작한다.

“그렇죠.”

“그러니까 네가 침대 아래에 야한 책을 숨겨놓았든, 야한 게임을 가지고 있든… 나는 저언혀 신경 안 쓰거든?”

거짓말이네.

아, 아니… 그보다….

“…침대 아래를 보셨습니까?”

“신기하게도 아야세 그라비아가 나오더라.”

“오해야! 그건 키리노가 나와서 산 건데!”

“더 나빠!”

그러게나 말이야.

『시스터×시스터~시스터 콤플렉스 러브 스토리~』를 앞에 두고 할 말은 아니었다.

“그러니까—내가 뭘 문제로 생각하느냐면 말이지. 이 『~시스터 콤플렉스 러브 스토리~』가 도대체 뭐냔 말인 거지.”

“뭐긴 뭐야… 시, 시스터 콤플렉스 러브스토리지.”

눈물이 나오네.

내가 왜 여자친구한테 이런 걸 해명해야 하는 거지?

여기 지옥이야?

“너 여동생 있잖아. 왜 여동생물 에로 게임을 갖고 있는 거야! 완전 위험 분자네…!”

매우 합당한 지적이다.

나도 알아….

하지만 '여동생 거야'란 말은 할 수 없고, 말해도 절대로 안 믿을 거잖아?

크으윽….

"아, 아닙니다. 이건 여동생이 여주인공이고… 야한 게임이긴 합니다만… 그렇게 야하지는 않습니다."

"무슨 소릴 하는지 알고서 하는 거야?! 제대로 말을 해!"

크윽, 다른 사람은 몰라도 이 녀석한테만큼은 듣고 싶지 않은 말이었는데…!

"그러니까… 야한 건 덤이고 이건 어디까지나 여동생과 순수하게 사랑을 키워나가는 게임이라고!"

"너, 동생하고 순수하게 사랑을 키워나가는 게임 하면서 좋아한 거야?"

"크윽…!"

안 되겠다…! 말할수록 늪에…!

'패배'했단 사실을 받아들일 수밖에 없게 된 나는 여자친구님에게 짧게 한 마디했다.

"―그래서?"

"죄송합니다앗―!"

혼신을 다한 석고대죄었디.

"야한 책이랑 다 버릴게!"

"이 게임도?"

"이 게임만은 봐주세요…!"

"그렇게 소중하다니… 완전 깬다."

하지만 버릴 수는 없잖아! 키리노 건데!

　“합당한 사람한테 잘 맡길 테니까…! 제발— 용서해주세요! 그리고 앞으로는 카나코 님을 닮은 책만 사겠다고 맹세하겠습니다!”

　“사, 사과할 마음이 있긴 한 거니—!”

　나는 그 뒤로 여자친구에게 용서받을 때까지 계속 무릎을 꿇어야 했다.

■Nae yeodongsaengi irerke guiyeoul riga upser ⑰
kanako if
제 5 장

―그날.

내 방에 노크 소리가 울렸다.

"네."

"…나야."

"어?"

키리노가 노크를 하다니 이런 신기한 일이 다 있네?

"기다려, 지금 열게."

이상 사태다. 나는 정신을 바짝 차리고 문을 열었다.

등장한 동생은 평소에 비해 제법 기합이 들어간—마치 지금부터 데이트라도 하러 가는가 싶은 복장이었다.

"왜?"

다양한 의도를 담은 질문에.

"응…. 저기."

"―인생 상담이 있는데."

그 문구에 따뜻함을 느꼈다.

스스로도 신기할 정도다. 이 녀석의 인생 상담에 그렇게 휘둘리기만 했는데 말이다.

"알았어. 안에서 들을게. 들어와."

나는 미쳐버린 걸까.

왜 이게 기쁘게 느껴지는 걸까.

"……."

이상한 걸로 치자면 키리노의 상태도 이상했다.

내 방에 들어온 뒤로 입을 열지를 않는다.

얼굴이 새빨개서 열이라도 있는 게 아닐까 걱정될 정도였다.

"야, 야… 너 어디 안 좋아?"

"괘, 괜찮거든."

목소리도 작다. 내가 얼굴을 살피자 도망치듯 떨어진다.

이번 인생 상담이 많이 심각한 것이든가—아니면 다른 이유 때문이겠지.

아무튼 오늘의 키리노는 확실히 이상했다.

어서 입을 열게 만들어야겠네. 그리고 나면 내가 도와줘야지.

하지만 결과만 놓고 본다면….

나는 동생의 인생 상담을 해결해주지 못했다.

아니, 들어주지도 못했다.

내가 이야기를 들으려고 어떻게 말을 건넬까 고민하던 때였다.

책상 위에 충전해 두던 전화기가 요란한 소리를 내며 울렸다.

"미안, 키리노… 전화다."

액정을 보니 그곳에는 우리가 잘 아는 이름이 표시되어 있었다.

…그럼.

여기서 잠시 이야기꾼 자리를 넘기도록 하겠다.

누구한테?

물론 이 이야기의 주인공이지.

*

―그날.

나―쿠루스 카나코는 사부님 집에서 요리를 배우고 있었다.

여전히 메뉴는 고기감자조림. 다른 걸 시킬 기미는 전혀 없었다.

그래서 쿠루스가도, 타무라가도 매일 식탁에 고기감자조림이 오르게 되었다.

그런데 아무도 내게 불평을 늘어놓지 않는다. 참 고마운 일이야.

다들 질렸을 테니 조금이라도 맛있게 만들어주고 싶었다.

그런 마음을 담아 오늘의 고기감자조림을 완성했다.

"사부님~ 이거 어때요?"

"음, 조금 좋아졌네."

"…겨우 조금요?"

"아주 조금."

"그렇구나…. 아직 멀었구나…."

"조바심낼 거 없어. 내가 옆에 있잖아."

사부님은 온화하게 웃는다.

"내가 카나코를 어디에 내놔도 부끄럽지 않은 신부로 만들어줄게."

이 사람은 계속해서 그렇게 말한다.

솔직히… 당황스럽다.

"…사부님은."

"응?"

"왜 그렇게까지 친절하게 대해주는 거죠?"

"…혹시 아직도 의심하는 거야?"

"으음—."

의심한다기보다는….

"처음엔 너무 사람이 좋으니까 의심스럽긴 했는데. —하지만 그렇지 않잖아. 사부님은 그런 사람 아니니까. 나는 바보지만 그 정도는 알거든."

"……."

"사부님, 무례한 말 해도 돼?"

"얼마든지."

그럼 눈치 보지 않고—.

"너, 머리 괜찮아?"

"그렇게 생각하니?"

화낼 거란 각오를 하고 말한 건데 돌아온 것은 쓴웃음이었다.

나는 더욱 곤혹스러워졌다.

"아니—누가 봐도 이상하잖아. 이게 말이 되냐고."

당혹감에—소량의 분노를 더해 속내를 털어놓았다.

"사람이 너무 좋아서 무슨 꿍꿍이가 있다고밖에 안 보이는데 내 판단으로 볼 땐 그런 사람이 아니란 말이지. 난 이렇게 많이 배우고 엄청 신세도 지고, 밥도 얻어먹고 있는데—."

아무리 생각해도 같은 결론에 도달하고 만다.

"—사부님을 좋아하거든요."

"…그렇구나. 고마워, 카나코."

"그런 점이 애가 타는 거거든요."

"있잖아…, 카나코."

내 짜증을 사부님은 편안히 받아주었다.

"카나코는 나를 보고 '사람이 좋다'고 하지만… 그렇지 않아. 나한테도 계획은 있거든."

"정말요? 거짓말하는 거 아니고?"

"응, 진짜야. 그러니까 카나코는 날 생각해서 괜히 눈치 보지 않는 게 좋아."

"카나코가 방심했을 때—울려버릴 예정이니까."

사람 좋아 보이는 미소에서는 악의라고는 찾아볼 수 없었다.

하지만 그런 것까지 다 연기라면—.

"헤에, 재미있네."

이때의 나는 그렇게 생각했다.

울긴 누가 울어— 그렇게 흥분해서 불타올랐었다.

도전하는구나, 라고 생각했으니까. 여러 의미로.

"좋습니다, 사부님. 받아주죠. 당신이 무슨 꿍꿍이인지는 모르지만 절대로 안 질 거야!"

"응, 그런 기세로 나와야지."

내 선언을 들은 사부님은 즐거워 보였다.

“그럼 기운 차렸으니 계속해볼까.”

“네.”

“그거 다 하면 공부할 시간이야~.”

“으헤엑~.”

무슨 꿍꿍이가 있다는 건 알았지만… 그것까지 다 포함하더라도 너무 잘 돌봐주는 거 아니냐, 이 사람.

요리와 공부 특훈이 끝났다.

“오늘도 고생 많았어, 카나코.”

“고맙습니다, 사부님—.”

연상을 상대로 예의 바르게 인사를 한다.

매일, 오랜 시간 이렇게 상대해주고 있으니—고생했다는 말을 할 사람은 나다.

그때 전화기가 울렸다.

“아, 쿄우스케인가?”

화면을 보니 그곳에 표시된 이름은,

“뭐야, 아야세잖아.”

맥 빠지는 소리와 함께 통화 버튼을 누르고 전화기를 귀에 댔다.

“어, 나야.”

『—저주스러운 환상에 구애된 자에게 고한다.』

갑자기 알 수 없는 주문이 들려와 엄청 쫄았다.

“어? 아야세 아냐? 누구야? 장난전화가?”

『─코우사카 쿄우스케는 우리 '다크 얼라이언스'가 데리고 있다.』

전화를 건 상대가 위험한 녀석이란 것밖에 모르겠다─아니, 이게 아니라!

"야! 너, 너 지금 뭐라고 했어?!"

『'다크 얼라이언스'.』

"그거 말고!"

제일 무시해도 될 소릴 가장 먼저 꺼내는 이 대응 방식, 전화 건 사람, 분명히 친구 없을 거다.

내가 소란을 떠는데 사부님이 다가왔다.

"왜, 왜 그래, 카나코?!"

"무, 무슨 미친 애가 전화를 해서─쿄우스케를 데리고 있다잖아요!"

"뭐어?! 유, 유괴?!"

『쿡쿡쿡… 당황했구나, 어리석은 인간… 그의 영혼을 구하고 싶으면….』

그 순간 전화에 다른 목소리가 끼어들어 왔다.

『쿠로네코! 용건을 제대로 전달해야죠!』

『훗, 그러니까 난 똑바로, 앗, 뭐…, 무슨 짓이야….』

뭐, 뭐지?

전화 너머가 소란스러웠다.

그러는가 싶더니 익숙한 목소리가 들려왔다.

『─카나코?』

"아야세~?! 역시 네가 유괴범의 흑막이었구나!"

『아니에요! 근데 '역시'라니 무슨 말이죠?!』

아야세는 그렇게 부정했지만, 나는 조바심을 감추지 않고 말했다.

"장난전화라니 완전 짜증이거든. 너 요새 좀 재수 없게 굴더라? 요전번에 바다에서 봤을 때부터 계속~. …그래서 뭐? 쿄우스케가 뭐 어쨌다고?"

『…오빠를 여기로 오라고 했어.』

역시 유괴했네.

분명히… 쿄우스케는 아야세한테 맞고 기절해서 밧줄에 묶여서 산속 오두막에 감금되었을 거다.

나중에 생각해 보니 너무 심했나 싶지만—그때는 나도 흥분했었거든.

이때는 아야세에게 진심으로 폭언을 퍼부었다.

"쳇, 적당히 해라, 못난아. 쿄우스케한테 손가락 하나라도 댔다간 죽여버릴 거야. 요전에도 키리노가 뭐라뭐라고 하던데—. 그만 질질 끌자고. 끝이 안 나잖아."

『…우연이네, 카나코. 우리도 같은 심정이었거든.』

아야세는 싸늘한 목소리로 말했다.

『—지금부터 말하는 곳으로 와주겠어? 혼자서.』

"—내가 왔다."

나를 부른 곳은 쿄우스케의 집 옆에 있는 공원이었다.

주위엔 인기척이 없었고, 바람이 나뭇잎을 흔들고 있었다.

"카나코, 미안. 이렇게 갑자기 불러내서."

나를 기다렸다는 듯이 어디선가 누가 스르륵 나타났다.

…아야세,

그리고 전에 아야세와 같이 붙어 있던 뭐라뭐라 하던 검은 옷의 여자애.

매우 눈에 익은 그 코스튬은 언니의 만화에 등장하는 캐릭터와 같은 것이었다.

그래서 뭐 어쨌다는 건 아니지만. 기묘한 느낌이었다.

내 밥값이랑 학비 등등을 이 녀석이 쓴 돈에서 내고 있다니 말이다.

이상한 생각을 하고 있네. 그럴 때가 아닌데.

"…훗… 정말로 혼자서 오다니… 그 용기 하나는 칭찬해주지."

"시끄러워, 미친 전파녀야. 어서 쿄우스케를 내놔."

"…뭐, 뭐라고요? 리얼충 따위가… 건방지게."

검은 여자는 묘한 포즈로 한쪽 눈을 가리더니.

"내 이름은 '야미네코'…다시는 틀리지 마라."

그 여자의 언행에 나뿐만 아니라 아야세까지 질색했다.

"…쿠로네코, 좀 조용히 해줄래요? 대화가 진전이 안 되잖아요."

"…좋아. '다크 엔젤'… 선봉은 네게 양보하지."

야미네코인지 뭔지는 뒤로 물러났다.

부끄러운 이름으로 불려 얼굴이 빨개진 아야세에게 말했다.

"이제 학교에서도 '다크 엔젤'이라고 부른다."

"하지 마!"

진짜 싫은 눈치였다. 당황하는 얼굴을 봐도 나는 전혀 후련해지지 않았다.

"그럼 꾸물대지 말고 쿄우스케를 데려와. 여기 있지?"

"…아아, 그건 거짓말이야."

"뭐얏! 그게 무슨 소리야?!"

"…오빠는 지금 키리노랑 단둘이… 이야기를 하고 있을 거야."

"날 속였냐!"

이 자식, 거짓말하는 걸 그렇게 싫어하면서 자긴 쉽게도 한다니까.

"예정이 바뀌었어. 사실은 오빠가 동석하길 바랐지만… 키리노가 화내서."

"…키리노가?"

이게 무슨 상황인지 이해가 안 되네―.

"오빠는 없지만… 지난번에 하던 얘기, 계속할까?"

"여기라면 저번처럼 방해받을 일도 없을 테니까."

아야세의 뒤에서 미치광이 전파녀가 웃는다.

"―결판을 내자."

"재미있네."

―괜찮아. 난 네 좋은 점을 많이 알고 있잖아.

―불평은 전부 내가 듣도록 하지. 카나코가 없는 곳에서.

…그 녀석한테 보호만 받고 있을 순 없지.

해내겠어!

"키리노의 마음을 짓밟았다느니 뭐 그런 소릴 했었잖아. 그게― 무슨 의미지?"

나는 일단 이렇게 말을 꺼냈다.

그러자 아야세의 눈에서 불이 꺼지더니 이렇게 답한다.

“키리노랑 오빠가 얼마 전까지 계속 사이가 나빴던 거… 알아?”

“헤에—. 그랬구나.”

“…그런 것도 모르는 주제에.”

눈이 위험한데.

역시 무서운 여자야.

“키리노… 요새 오빠랑 드디어 대화를 할 수 있게 됐다고 기뻐했었어. 앞으로 조금씩 솔직해질 수 있을지도 모른다며 웃었다고.”

그때 야미네코인가 하는 여자가 아야세한테 물었다.

“그런 소리를? 그 여자가?”

“…네. 의심하는 건가요?”

“굳이 부정은 하지 않겠어. —그렇게 생각했던 건 사실일 테니까.”

시선을 다시 내 쪽으로 돌린 아야세는 후우, 크게 한숨을 쉬었다.

그런 다음 중대한 비밀을 폭로하듯이.

“키리노는 오빠를 정말 좋아해!”

네 대죄를 가르쳐주겠다는 듯이.

“그런데 카나코는 키리노의 마음을 짓밟았어!”

“알 게 뭐야ㅋㅋ”

나는 노골적으로 깔보았다.

“아니, 여동생이잖아?”

“그게 뭐가 중요해! 좋아하는 건 좋아하는 거지!”

“그게 뭐?”

내 마음은 조금도 흔들리지 않았다.

아야세가 불리하다고 판단했는지 야미네코도 대화에 가세했다.

"당신과 쿄우스케가 사귀게 되면서 키리노가 괴로워하고 있는 건 사실이야."

"그렇구나. 가르쳐줘서 고마워."

난 다시 똑같은 질문을 던졌다.

"그래서? 그게 뭐?"

"카나코—넌 키리노의 친구잖아?"

공기가 찌릿찌릿 떨릴 듯, 아야세의 분노가 전해졌다.

나는 두려워하지 않고 당당하게 본심을 말했다.

"응, 최고의 친구라고 생각해."

"그러면!"

"그러니까."

이해심 부족한 친구에게 이보다 더는 불가능할 정도로 친절하게 알기 쉽게 말해주어야겠다.

"—그게 뭐 어쨌다고."

"키리노의 마음? 그딴 건 내가 알 바냐, 멍청아아아아아!"

"뭐….."

"나한테 제일 소중한 건 내 마음이야! 키리노의 마음이 아니라!"

"자기만 좋으면 그만이다, 이거야?"

"뭐? 무슨 소릴 하는 거야? 당연하잖아!"

전력을 다해 긍정했다.

사실이니까. 그게 나니까.

"나도 키리노가 힘들어하면 어떻게든 도와주고 싶어. —친구니까. 하지만 그래서 쿄우스케를 양보하라고? 너네들 순 바보 아냐!"

혀를 메롱 내밀며 조롱한다.

"절대로 싫어! 쿄우스케와 헤어지느니 키리노를 울리는 편이 백억 배는 낫지! 모든 일엔 우선순위란 게 있는 것도 몰라!"

"카나코… 넌 정말이지!"

"시끄러워, 멍청아!"

고함을 질렀다. 아직도 모르겠냐, 이 바보들아!

"거짓말쟁이가 뭐라고 떠들든 설득력 하나도 없거든!"

이제 그만 뻔한 거짓말하고 있다는 사실을 자각들 하시지!

"키리노키리노키리노, 그렇게 둘러대지 좀 마! 그게 전부가 아니잖아! 똑바로 말해! 키리노 탓으로 돌리지 말고!"

너무 소리를 지른 바람에 목이 갈라진다.

"난 바보고… 지금 내가 그 녀석에게 어울리지 않는다는 것도 잘 알아. 사귄 지도 얼마 안 됐고… 나보다 훨씬 전부터 그 녀석을 좋아했던 애도 있겠지. 하지만 그게 뭐! 그런 걸 왜 배려해주냐고!"

갈라진 목소리로 소리 지른다.

눈앞에 있는 두 사람과 나 자신에게 똑똑히 말해주었다.

"그 녀석의 여자친구는 나야! 절대로 아무한테도 안 줘!"

안 지 얼마 안 됐든, 내가 그 녀석에게 어울리지 않든.

얼버무리지 않겠다.

나는 언제나―쿄우스케를 좋아해! 라고 있는 힘껏 주장할 거다.

자랑스러운 여자친구가 되어 모두 다시 돌아보게 만들어줄 거야…!

그렇게 약속했으니까.

"불만 있으면 덤벼, 짜샤아아아!"

이게 전부 다다.

하고 싶은 말은 다 토해냈다.

힘이 빠져서 다리가 풀릴 것 같다.

목은 바짝바짝 타는 게 내일은 목소리가 안 나올지도 모르겠다.

하지만 끝까지 허세를 부리며 노려보았다.

"……."

"……."

내 선언을 어떻게 받아들였는지 두 사람은 아무 말 없이 조용히 서 있기만 했다.

침묵의 시간이 길게, 길게 이어지더니….

"—훌륭하다고 말해주지."

제일 먼저 입을 연 것은 검은 여자애였다.

"아픈 구석을 찔렀네, '다크 엔젤'."

"…흐, 흥. 무슨 말이죠? 난 모르겠는데요."

"…홋, …그래."

검은 여자는 나를 똑바로 바라보았다.

"—쿠루스 카나코."

"…왜?"

"네 생각과 마음은 충분히 이해했다."

정면으로 마주 보는 그녀의 눈동자.

그곳에 눈물이 맺혀 있었다.

"—안심했어. 난 단지 속도 싸움에서 진 게 아니었네. 넌 내가 숙 적으로 삼기에 걸맞은 존재였어."

“…너.”

왠지 모르게―

서로 통한다는 느낌을 받았다.

그리고 다른 한 사람.

“카나코다운 것 같네.”

아야세는 아주아주 커다랗게 한숨을 내쉬고선―긴장을 풀었다.

“…아야세.”

“미리 말해두겠는데, 이 원한은 잊은 거 아니다.”

팔짱을 꼬고 팽하니 고개를 돌리는 아야세.

야미네코가 그 어깨를 두드린다.

“가자. 패자는 깨끗이 사라지는 법이야.”

“그래, 그래. …왠지 너하곤 오래 갈 것 같은 기분이 든다.”

“사양하겠어. 이번 한 번으로 끝냈으면 좋겠는데.”

“또 이러네. 나 이제 널 좀 이해할 것 같거든.”

“흥, 친근한 척 굴지 말아줘. ―쿠루스 카나코.”

“어.”

“―내세에서 다시 만나자.”

이 녀석하고는 이제 더 이상 만날 일은 없을 것 같다.

왠지 그런 생각이 들었다.

*

나는―

키리노와 둘이서 멍하니 그 광경을 바라보고 있었다.

카나코가 두 사람을 상대로 핏대 세워가며 몰아세우고.

혼자서 이야기를 마무리 짓는.

그런 어마어마한 광경을.

앞으로의 긴 인생에서… 돌이켜볼 때마다 몇 번이고 다시 반하게 될 기세였다.

"쟤, 쟤들이 진짜… 그만두라고 했는데… 뭐, 뭐 하는 거야….”

키리노는 나보다 더 놀라고 있었다.

아무래도 이번 일은 이 녀석이 직접 관여한 건 아닌 것 같다.

사정을 설명하겠다.

키리노의 인생 상담을 들으려고 했을 때 내 전화기가 울렸던 것, 다들 기억하시나.

전화를 걸어온 사람은 사오리였다.

『―쿄우스케 씨, 큰일 났습니다!』

그 녀석은 무척 당황한 모습이었다.

쿠로네코가 아야세와 함께 카나코를 불러내려 하고 있다―고 했다.

나는 장소만 듣고 바로 뛰쳐나갔고.

키리노도 뒤따라왔다.

인생 상담하고 상관이 있다―면서 말이다.

―…키리노가 화내서.

키리노도 아야세한테 조금은 이야기를 듣지 않았을까.

그래서 어르고, 타이르고… 하지만 아야세는 멈추지 않은 거다.

"……”

나는 동생의 얼굴을 보았다. 그리고 물었다.

“키리노.”

“네헷?”

“중요한 질문이니까 잘 대답해줘.”

“음… 으, 응.”

무슨 질문일지 예상되는지 키리노는 긴장된 얼굴로 자세를 바로 했다.

나는 솔직하게 물었다.

“—지금 쟤네들이 얘기한 게 사실이야? 네 인생 상담의 내용이란 게—.”

“———.”

키리노는 순간 눈을 크게 뜨더니 평소처럼,

“그럴 리가 없잖아.”

오빠를 깔보는 듯한 말을 지금까지 들은 것 중에 가장 상냥한 목소리로,

“너 같은 거 정말 싫거든.”

말과는 전혀 어울리지 않은 온화한 표정으로,

“…하지만 그렇게 비관할 건 없어.”

천천히 입에 담았다.

“널 저렇게 좋아해주는 애가 있으니까.”

“…키리노.”

“오빠, 인생 상담은 이제 됐어. 대신 들어줘. 내 평생 소원을.”

“카나코를 소중히 여겨줘. 안 그러면 가만 안 둘 줄 알아.”

“알았어. 약속할게.”
‘동생의 평생 소원’을 잘 받아서 가슴에 새겼다.
“으히힛― 그럼, 됐어.”
그 미소를 평생 잊지 못할 거다.

Nae yeodongsaengi irerke guiyeoul riga upser ⑰
kanako if
에필로그

그렇게 행복한 시간이 흘러갔다.

여름이 끝나고, 가을이 오고, 겨울이 되고… 계절은 흘러갔다.

입시, 그리고 졸업.

"합격 축하해, 카나코."

"에이~ 다 사부님 덕분이죠~ 으헤헤헷."

타무라가 앞에서 카나코가 나와 마나미의 축복을 받고 있었다.

"네가 우리랑 같은 고등학교에 합격하게 될 줄이야. 왜 말 안 해 줬어?"

"그야 놀라게 해주고 싶어서 그랬지."

으히힛, 하고 의기양양하게 웃는 카나코.

그러고 나는 뒤늦게 물었다.

"그런데 너 머리 색깔."

"뭐야, 눈치챘으면 처음부터 말을 했어야지! 속으로 낙담했었던 말이야!"

그렇다.

카나코는 머리를 검게 물들였다.

사실 분위기가 청초하게 확 바뀌어 놀라고 있었다.

너무 귀여워서 어떻게 칭찬해야 좋을지 고민하느라.
좀처럼 말을 꺼내지 못하고 있었던 거다.
"하여간… 쿄우?"
"미안하다고! 먼저 축하해줘야겠다고 생각해서 그랬어. 그리고
물어보려고 했단 말이야."
마나미의 질책에 나는 대충 둘러댔다.
"아버지도 놀라시더라."
"진짜? 나를 인정해주신 건가?"
"그럼, 진짜지. 너랑 처음 만났을 때 일 사과하겠대."
"에이, 그런 건 이제 신경도 안 쓰는데. ―하지만"

"다시 보게 만든 건가?"
"그럼!"

우리는 서로를 보며 웃었다.
카나코는 고등학생이 되었고.
나는 대학생이 되었고.
많은 것들이 정신없이 변해간다.
그러는 가운데―

동생과 다시 이별하게 되었다.
"무리… 하진 마라. 언제든지 돌아와도 돼!"
"알았어."
"몸조심하고. 매주 전화해라."

“안다고, 알았다고. 하여간 시스터 콤플렉스라니까.”

“걱정하지 마. 여차하면 도와주러 올 거잖아?”

“당연하지.”
“…응.”
오늘은 오랫동안 해외로 떠나게 될 키리노를 공항까지 배웅하러 왔다.
너무나 아쉽고 허전해서 눈물을 참는 것도 버거웠다.
코맹맹이 소리가 나는 건 이미 눈치챘을 거다.
“…나 있지. 네 동생이라 다행이었다고 생각해.”
맨 마지막에 가서야… 그런 소릴 하다니.
“…넌?”
“…멍청아.”
당연한 걸 왜 물어.
“나도야.”
이제 더는 못 참겠다.
하지만 —.
“항상 네 인생 상담에 휘둘렸었잖아. 열받는 일이 많았지만. — 나쁘진 않았어. 바보 같은 애들과 바보 같은 일을 저지르고, 너하고는 싸우기만 하고… 나까지 오타쿠 동료가 되어버리질 않나.”
웃음만은 잃지 않은 채 작별하자.
“너무너무 즐거웠다.”
“그래.”

"네 오빠라 좋았어."

"그래."

후훗, 끔찍한 얼굴을 하고 웃는다.

"…왜 우는 거야? 이제 다시 못 보는 것도 아닌데."

"시끄러워…."

너도 남 말할 처지 아니잖아….

"다녀올게, 오빠."

"그래, 잘 다녀와!"

떠나간 녀석도 있다.

…항상 옆에서 지켜준 녀석도 있다.

우리가 싸웠을 때는 언제나 중재해주었다.

고민할 때는 상담을 들어주었다. 상냥하고 엄하게 격려해주었다.

내 소꿉친구이자 카나코에게도 소중한 은인.

정신없이 변하는 일상 속에서 여러 계절이 흘러가도 여전히 그 자리에 있어주었다.

그리고 지금, 식전 대기실에서―웨딩드레스를 입은 신부가 '그 사람'과 인사를 나누고 있다.

그렇다. 오늘은 나와 카나코의 결혼식이다.

"…응. 아주 예뻐, 카나코. 최고의 신부네."

"마나미 씨 덕분이에요. 모두, 모두 다."

"아니야. 카나코는 엄청 열심히 노력했잖아? 그건 내가 누구보다 잘 알아."

마나미는 신부의 손을 잡고 미소 지었다.

“평생의 자랑거리인 나의….”
그리고 나를 보고 예전 그대로의 호칭으로 부른다.
“쿄우.”
“응.”
“결혼 축하해.”
“응.”
우리 사이에 말은 그다지 필요 없었다.
그런데 마나미는 평소와 달리―말을 길게 늘렸다.
“어… 하나만 말해도 될까?”
마나미는 얼굴을 붉히며 부끄러워하더니….
마침내 결심한 듯 내 눈을 똑바로 바라보았다.
평소처럼 미소를 지으며.

“―너를 언제나 좋아했어.”

그건 이 자리에서 말하기엔 가장 어울리지 않은 고백이었다.
“―고마워.”
다른 사람은 몰라도 내겐 다 전해졌다.
“하지만 미안. 나는 카나코를 사랑해.”
“응.”
마나미는 미소를 지으며 받아들였다.
“진지하게 대답해줘서 고마워. 진지하게 대답할 수 있게 되었구나.”
서로를 바라보는 몇 초 동안 수많은 감정을 교환했다.

어린 시절, 많은 시간을 함께 보낸 우리들. 누구보다 더 서로를 잘 이해하고 있을 거다.

어쩌면 나 자신보다도.

"왜…."

비통한 목소리는 카나코의 것이었다.

"왜…! 사부님…! 좋은 사람 아니라고 했잖아! 나한테도 계획한 게 있다고…."

웨딩드레스를 입고서 어린애처럼 눈물을 흘린다.

"눈치 보지 말라고… 방심하지 말라고 그런 거… 다 거짓말이었어?!"

말투가 점점 옛날로 돌아간다.

마나미는 카나코의 머리에 부드럽게 손을 올리고서.

"거짓말한 거 아니야. 내가 그랬잖아… '방심했을 때 울려버릴' 거라고."

"바… 보야…! 이런 법이 어디 있어! 넌, 바보야…!"

마나미의 품에 얼굴을 묻고 울음을 터트리는 카나코.

그 머리를 마나미가 부드럽게 쓰다듬어준다.

"―행복해져야 해, 카나코."

*

―그 뒤로는 정말 눈이 돌아갈 만큼 정신없는 날들이 계속되었다.

뭐부터 말을 해야 좋을까.

결혼식에, 쿄우스케와 언니의 설득으로 사이 안 좋았던 부모님이 와준 것.

시부모님에게 축하한다는 인사를 들은 것.

예전 반 친구들과 같이 일하던 동료들이 찾아와줘서 피로연 분위기를 띄워준 것.

신혼여행으로 괌에 가서 단둘이 실컷 놀았던 것.

결혼한 뒤에도 여전히 요리를 못 해서 아직도 종종 마나미 씨를 괴롭히고 있는 것.

그리고—

딸이 생긴 것.

"엄마—."

"왜에, 카나미?"

"머리, 묶어줘."

"어떻게?"

"메루루!"

"그래, 그래."

전에 코스프레를 한 적도 있는 그 애니는 지금 리메이크판이 방영 중이다.

볼 때마다 형용하기 힘든 그리움과 과거의 꿈을 떠올리게 된다.

그 시절의 사진을 이 아이에게 보여주면 어떤 표정을 지을까.

"엄마도 예전에 메루루였지?"

"콜록콜록… 누구한테 들었지?"

"브리짓."

딸이 가리키는 TV 화면에는 낯익은 금발 벽안의 미녀가 나오고 있었다.

아름답게 성장한―브리짓이다.

"…저 자식이."

인기 아이돌로서 일본에서 활약하던 브리짓은 현재 아이돌을 졸업하고 여배우로 변신.

주로 영화에 출연하고 있다고 했다.

과거 꿈이었던 광경을 보고 있으니 현기증이 날 것 같았다.

"나 왔어―."

"어서 와! 고모!"

키리노가 돌아오자마자 딸이 환하게 미소를 짓는다.

착하고 자기 말은 다 들어주는 고모를 딸은 무척이나 좋아한다.

해외에서 일하던 키리노는 몇 년 전에 일본에 돌아와서… 같이 살고 있다.

"고모라고 하지 마~. 난 아직 20대라고~."

"응! 알았어! 고모!"

"큭… 아, 맞다! 오늘은 스페셜 게스트가 있어!"

짜잔, 키리노가 문을 손으로 가리킨다.

그리고 나타난 것은―지금 TV 화면에 나오고 있는 브리짓 본인이었다.

"안녕."

"어서 와, 브리짓."

"응, 실례합니다―."

"키리노―뭐가 스페셜 게스트야. 브리짓은 우리 집에 자주 놀러 오는데."

"어? 3일 만이잖아?"

"…뭐, 좋아. 즐거우니까."

"그치? 그치?"

"…아하하하, 매주 신세 지고 있어요."

브리짓은 쓴웃음을 지으며 내 옆에 앉았다.

딸이 키리노를 올려다보며 조르기 시작한다.

"고모! 이거 사줘! 메루루 이거!"

"뭔데, 뭔데?! 뭐든 다 사줘야지! 아, 이거? 이거 나도 갖고 있는데! 최신판이지? 지금 가져다줄게!"

우당탕탕 거실을 뛰쳐나가는 키리노.

그 모습을 바라보고 있는데―.

"다녀왔어… 우왓!"

"아야! 눈을 어디 달고 다니는 거야, 이 아저씨야!"

"시끄러워, 니트. 다 큰 어른이 본가에 들러붙어 사냐."

"그거야 내 맘이지! 내 집이니까!"

거실 밖에서 그렇게 말다툼하는 소리가 들려왔다.

브리짓이 키득거리며 웃는다.

"남편분이 돌아왔나 보네."

"응…, 시끄럽지, 미안."

"―다녀왔어."

매일 고대하는 목소리와 함께 휴일 출근을 마치고 남편이 집에 돌아왔다.

“그래도 해지기 전에 돌아왔네.”

“아빠!”

“어, 일요일인데 나가서 미안.”

“같이 메루루 볼래?”

“그래, 같이 보자.”

수없이 들었던 그 오프닝 곡이 흘러나온다.

이 광경은 얼마나 큰 기적 속에서 만들어진 걸까.

그와의 첫 만남을 돌이켜볼 때마다 그런 생각을 한다.

둘이 함께 극복해낸 파란만장한 여정을 떠올릴 때마다 그런 생각을 한다.

축복해준 사람도 있었다.

축복해주지 않은 사람도 있었다.

—긴 시간이 흘러 결국에는 축복해준 사람도 있었다.

포기한 꿈을 붙잡아준 사람이 있었다.

그리고.

사랑하는 사람이 앞으로도 항상 옆에 있어준다.

앞으로 어떤 어려움이 있다 해도.

“—어서 와, 여보.”

나는 너무나 행복해요.

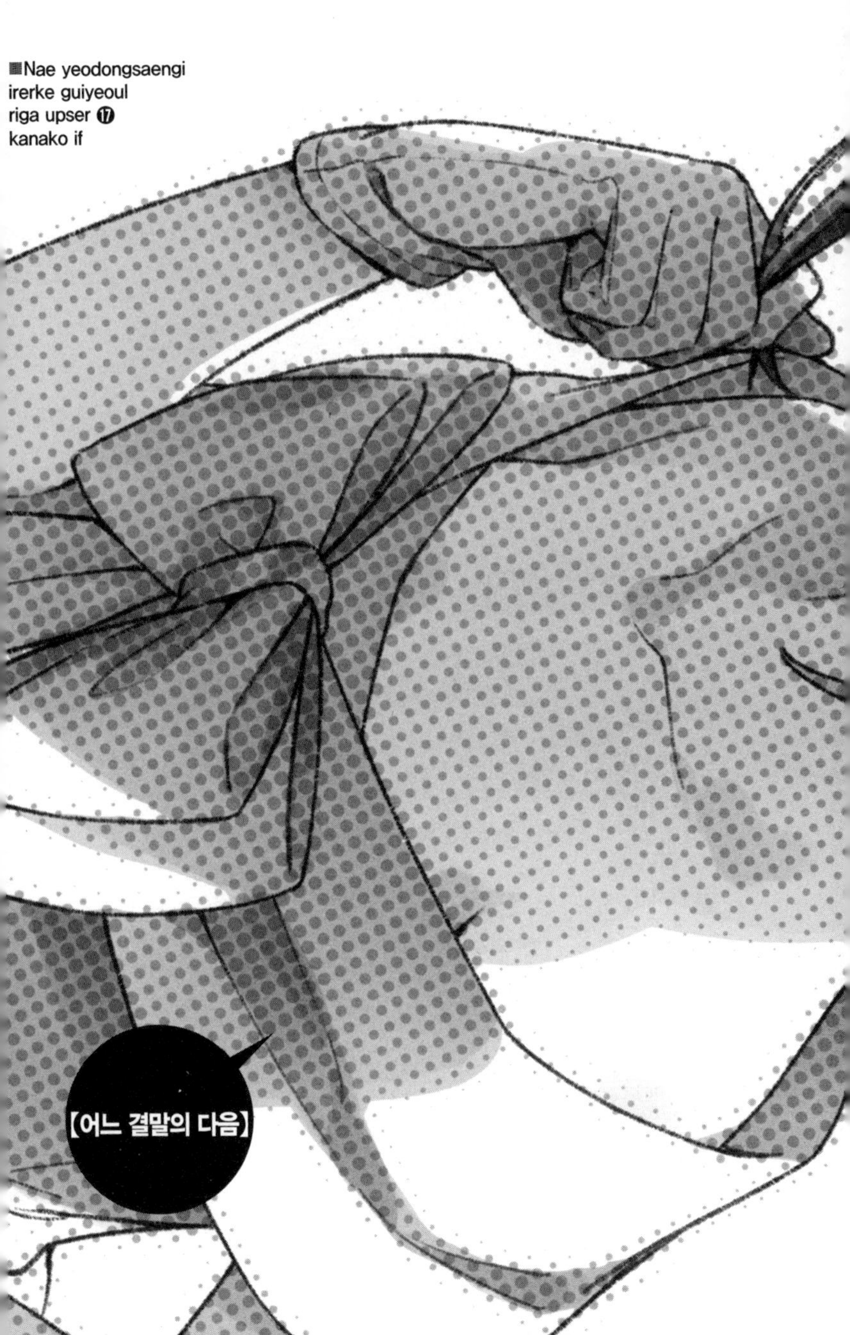

■Nae yeodongsaengi
irerke guiyeoul
riga upser ⑰
kanako if
【어느 결말의 다음】

먼저 밝히자면, 이건 내가 꾼 꿈 이야기다.

아침이 되어 눈을 뜬 순간—환상이 되어 사라지고 마는, 물거품 같은 이야기다.

맥 빠진다 해도 상관없다.

뭐야, 꿈이었냐.

잠에서 깨어나면 모두 없던 일이 되고 마는, 의미 없는 허상.

하지만—

꿈속의 내게는 지금 이렇게 여기에 있는 나야말로 꿈일지도 모르지만 말이다.

회사에서 돌아오니 동생이 거실에서 딸과 놀고 있었다.

동생의 이름은 코우사카 키리노.

국내외를 가리지 않고 활약하고 있는 젊은 인기 모델이다. 라이트 브라운으로 염색한 머리, 양쪽 귀의 귀걸이, 길게 기른 손톱에는 화려한 매니큐어가 발라져 있다.

과거의 트레이드 마크는 그대로 가진 채 나이를 먹고 더욱 세련되어졌고 그 미모는 현재 최전성기를 맞이하려 하고 있었다.

중학교 때의 아야세를 천사라고 한다면 묘령의 미녀가 된 키리노는 여신이다.

가족의 편애에 찬 의견이 아니다.

외모만 놓고 보면 정말 세계에서 두 번째로 아름답지 않을까 싶은 정도다.

그런 자랑스러운 동생이 내가 귀가하길 집에서 기다리고 있으니 나는 누구나 부러워할 행복한 사람일지도 모르겠다.

"다녀왔어."

말을 걸어보지만 대답은커녕 눈길도 주지 않는다. 화려한 사복 차림의 키리노는 소파에 앉아 내 딸(3살ㆍ세상에서 제일 귀엽다)을 무릎 위에 올려놓고 게임을 하고 있었다.

가끔 상냥함으로 가득 찬 미소를 지으며 딸의 머리를 쓰다듬는다.

—재주도 좋은 애라니까.

뭐, 흐뭇한 광경이기는 하다.

두 사람에게 다가가며 그런 모습을 지켜보고 있는데 키리노가 내 딸에게 간드러지는 목소리로 말을 걸었다.

"—그리고 시오리는 오빠와 맺어져서 행~복하게 살았대. 축하축하, 잘됐지~."

뭐?!

"야, 야야야, 거기 동생…! 내 딸한테 뭘 보여주는 거야!"

귀에 익은 그 '시오리'라는 이름에 나는 황급히 따지고 들었다.

그러자 키리노는 태연히,

"아, 왔네. 어서 와."

라는 소리나 하고 있다.

"뭐가 어서 와야! 너, 너… 설마 내 딸하고—."

설마 '그걸' 한 거냐는 소리는 못 하고,

"교, 교육에 안 좋은 게임을 하고 있었던 건 아니겠지!"

직전에 그렇게 표현을 바꿨다.

하지만 돌아온 것은 동생의 사죄가 아닌 "우에에엥~" 하는 딸의 울음소리였다.

"갑자기 큰소리 내면 어떡해! 애가 울잖아!"

추가로 혼나기까지.

"미, 미안."

"자아— 착한 아이지요, 그래그래, 그럼그럼, 아이고 착하다. 아빠가 무섭지요—. 나중에 엄마가 때찌해줄게—. 코 풀어, 팽—."

팽— 코를 풀어주는 키리노. 우는 아이를 달래는 태도도 제법 익숙하다.

…완전히 엄마네, 이 녀석.

키리노는 딸을 한 손에 앉은 채 다른 손으로 능숙하게 휴대용 게임기를 조작하고 있었다.

나를 싸늘하게 노려보더니.

"그래서? 뭐가?"

"아니… 그러니까… 그 게임, 뭔데?"

"아아, 이거? 어제 나온 신작 동생 게임."

휴대용 게임기를 의기양양하게 들어 올리는 키리노. 탁자 위에는 게임 패키지가 놓여 있었다. 보아하니 수상한 물건은 아닌 것 같았다.

"아, 그… 그러면 됐어."

…나도 점점 아야세 같은 생각을 하게 되는 것 같네.

이게 아이를 둔 부모의 마음인가.

"그런데 너도 여전하다."

"어? 뭐가?"

"여전히 오타쿠라고."

스무 살을 넘어 성인이 되었는데 내 동생은 여전히 여동생! 여동생! 여동생! 인 매일을 구가하고 있다. 딸이 태어난 뒤 이후로 몇 년 동안 키리노는 해외의 업무를 제쳐두고 일본의 본가에 틀어박혀 지냈다. 휴일이면 대낮부터 거실에 진 치고 앉아 딸과 함께 메루루 재방송이나 리메이크판을 보며 모에모에하기 일쑤였다.

"오타쿠의 혼백까지, 어쩌구 뭐 그런 거냐?"

"당연하지! 나는 나니까!"

그 눈부신 미소는—인생 상담을 털어놓던 중학교 2학년 때와 똑같았다.

키리노와 대화를 마치고 주방으로 가는데 식탁을 닦고 있던 아내가 기쁜 얼굴로 다가왔다.

"어서 와, 여보."

"응, 다녀왔어."

마치 신혼부부 같은 대화에 얼굴이 화끈거린다. 몇 년을 반복했는데도 아직도 익숙해지질 않으니 참 신기하다.

"오늘 저녁은 실력 발휘 좀 했으니까 기대해도 좋아."

"응—어, 뭐 축하할 일이라도 있었나?"

그렇게 묻자, "후훗, 축하할 일이 있어"라며 자애로운 미소로 답한다.

"축하? 어? 뭐지?"

잠시 생각해봤지만 떠오르는 게 없었다.

"혹시… 둘째?"

"?! 아, 아니거든요!"

아내는 얼굴을 빨갛게 붉히며 가슴을 두드렸다.

"하하, 아니구나. 아쉽네."

"하여간….."

뺨을 뽀로통 부풀리며 올려다본다. 나는 그 머리에 손을 올려놓았다.

"미안하다니까. 식사 기대할게."

손을 흔들어 인사하고는 안으로 들어가 냉장고를 열었다.

보리차를 마시고 한숨을 돌리는데 조림 요리를 끓이는 냄비를 살피던 엄마와 눈이 마주쳤다.

"어서 오렴."

"다녀왔어요."

"쿄우스케, 오는 길에 아빠 못 봤니?"

"못 봤는데. 아버지 어디 나갔어?"

"장난감 가게에. 아까 '공주님'이 인형 달라고 졸라서—뛰쳐나갔거든. 당장 사오마! 라면서 아주 기세가 등등했다니까."

"…이런, 이런."

숨길 게 뭐가 있겠나, 우리 아버지는 손녀딸이라면 정신을 못 차린다.

그 엄격했던 아버지의 모습은 이제 흔적도 찾아볼 수 없다.

"딸애 어리광을 너무 받아주면 안 되는데… 고맙긴 한데 도가 지나치면 교육에 안 좋다고."

"미안하구나."

쓴웃음을 짓는 엄마. 냄비에서는 향긋한 음식 냄새가 풍겨왔다.

"냄새 좋은데. …벌써 배고프다."

"그래, 그래. 아빠 돌아오면 저녁 먹자."

엄마는 뺨에 한쪽 손을 올렸다. 그러고서 아내에겐 들리지 않게 작은 목소리로 속삭인다.

"그나저나―쿄우스케 너, 정말 좋은 신부를 얻었구나."

"어? 가, 갑자기… 왜 그래?"

"새 신부가 온 뒤로 너도, 너희 아빠도 맛있다면서 밥을 잘 먹고 있잖니. 나 자신감 없어졌어."

"하하, 뭘. 사실 나도 그 녀석이 이렇게 요리 잘하는 줄은 결혼하기 전까지 몰랐는걸."

"너는 하여간, 바보라니까."

"어?"

"당연히 연습했겠지. 신혼 때―마나미한테 특훈받는 거 본 적 있거든."

"…헤에."

사실일 거다. 그 녀석은 엄청난 노력파니까.

"처음 아내를 정식으로 가족들에게 소개했을 땐 불안불안했는데."

"그러게―. 아빠는 완전 기절하는 줄 알았다니까. ―나도 엄청 놀랐고. ‘이 아이로 괜찮을까?’ 싶었어요, 이 엄마도.”

실례잖아.

“괜찮았잖아?”

“─응, 맞아. 지금의 저 아이밖에 모르는 사람한테 그때 비디오를 보여줘도 아무도 동일인물인 줄 못 알아볼걸.”

“하하, 그러게.”

“─저어, 무슨 얘기 중이세요?”

나와 엄마의 대화를 들은 아내가 작은 동물처럼 쪼르르 달려온다.

“내가 널 사랑하고 있다는 얘기.”

당당하게 말하자,

“헤엣?!”

아내는 더욱 얼굴을 붉히더니 앞을 보고 뻣뻣한 동작으로 슬금슬금~ 비디오 되감기를 하듯 후퇴해 사라졌다.

“…마마라고 부를 줄 알아? 이해하나? 키리노 언니는 마마라고 부르는 거다, 알았지?”

“응! 고모!”

“크윽! 고, 고모가 아니라? 마마, 마마라고 불러봐.”

“응! 고모!”

“크으으윽! 제, 제길… 리얼 육아는 초 하드 모드잖아.”

거실로 돌아오자 키리노가 딸에게 못된 걸 가르치고 있었다.

아까부터 신경 쓰고는 있었는데… 이 녀석.

나는 기가 막혀 한숨을 쉬었다.

“…너 뭐 하냐?”

“귀여운 조카한테 마마라고 부르라고 가르치는 중인데.”

“그만둬라.”

“어— 왜에?”

“요전에 나랑 아내랑 딸이랑 너, 넷이 쇼핑 갔을 때—딸이 널 마마라고 부른 적 있었지?”

“응, 응! 그거 완전 귀여웠는데—.”

“그때 정육점 아줌마가 날 무시무시한 눈으로 쳐다봤다고! ‘이 사람들 무슨 사이지?!’란 눈이었어! 동네에 이상한 소문 퍼지면 어쩔 거야!”

“남매라고 설명하면 되잖아.”

“내 딸이 내 동생을 마마라고 부르는 걸 어떻게 설명하라고!”

“뭐어? 마마는 마마지?”

하여간 대화가 안 통하는 애라니까!

그때 딸이 키리노의 얼굴을 올려다보며 한마디 했다.

“고모, 배고파.”

“조금만 기다리렴~♪ 할아버지 오면 밥 먹을 거래♪”

“으음~ 하부지 늦어~.”

“늦네~. 애, 저녁 먹고 나면 메루루 인형 갖고 마마랑 같이 놀자♪”

“응!”

최근 다시 인기를 얻어서 리메이크된 메루루 애니메이션이 방영되고 있었다.

“그리고 키리노 언니는 마마라고 부르는 거다?”

“응! 고모!”

“아악— 진짜!”

…마음이 복잡했다. 친부모와 자식보다 이 둘이 더 친해 보이잖아.

내가 두 사람의 맞은편 소파에 앉자 키리노가 눈물을 글썽이며 노려본다.

“얘는 왜 날 마마라고 불러주지 않는 거야? 요전엔 불러줬었잖아.”

“아아, 그 일로 나도 좀 질려버려서 네 사진을 보여주면서 ‘이 사람은 고모다’, ‘이 사람은 고모다’라고 반복해서 가르쳐줬거든.”

“왜 그랬어?! 난 아직 20대인데!”

“얘한텐 어차피 고모잖아.”

“크윽.”

“근데 너 그렇게 애를 좋아하면 결혼이라도 하지 그래? 남자친구 정도야 얼마든지 사귈 수 있잖아?”

“뭐어?! 그, 그랬다간 일에 지장이 가잖아!”

“그 주장은 이해 안 되는 건 아니지만 너 요새 일 안 하잖아. 집에서 애랑 놀고만 있잖아.”

거의 니트 수준이다.

중학생 때의 키리노에게 넌 커서 니트가 될 거야, 라고 했으면 어떤 표정을 지었을까.

“너랑 무슨 상관이야! 그보다… 내, 내가 없으면 외롭지 않겠어—? 전에 미국까지 와서 그랬었잖아.”

“전에….”

몇 년 전 애길 하는 거야.

"그리고 그 뒤에도—."

"그 이야기는 하지 말자!"

불길한 예감만 몰려왔다. 키리노가 어느 에피소드를 꺼낼지까지는 모르겠지만 솔직히 뭐든 매한가지다.

그 시기의 우리는—뭐랄까, 정말 장난꾸러기였다.

장난꾸러기에, 어리고, 미숙해서—앞뒤 안 가리고 돌진했었다.

돌이켜볼 때마다 몸부림을 칠 만큼.

소란스럽고 애처롭고 너무나도 즐겁고 너무나도 외로운—.

그 소중한 추억들.

"야, 키리노."

"왜—?"

"나—어젯밤에 옛날 꿈을 꿨는데. 네가 유학 갔다 온 지 얼마 안됐을 때 말이야."

"헤에… 진짜 시스터 콤플렉스라니까."

그때 키리노의 얼굴에 떠오른 표정은… 말하지 않기로 하자.

"그립다."

"응."

"다들 뭐 하고 있을까?"

"사오리하곤 얼마 전에 만났어."

"진짜?"

"응, 잘 지내는 것 같더라. 오랜만이옵니다, 라고 하더라."

"풋!"

낄낄 폭소를 터트리는 키리노. 좀 진정한 뒤에 "그렇구나" 하고 한숨을 내쉰다.

잠시 뒤에—이번엔 이렇게 말을 시작한다.

"아야세하곤 자주 만나는데."

"회사 다닌다고 했지?"

"아, 맞다. 진짜 예뻐졌어. 사진 볼래?"

"볼래, 볼래! 진짜 보고 싶다!"

"…재수 없어. 뭘 그렇게 들이대는 거야?"

"아니…, 그냥."

아야세는 아직도 내겐 첫사랑 같은 존재다.

눈을 감으면 선하다.

그—무시무시한 하이킥의 파괴력.

"이게 아니라."

처음 만났을 때 봤던 천사 같은 미소.

팔로 몸을 가리며 부끄러워하던 모습.

키리노를 위해 감정을 드러내던 그 진지함.

어느 것 하나 잊을 수 없었다.

사오리도, 아야세도, 마나미도, 아카기 남매도, 리아와 브리짓, 미카가미 형제, 게임 연구회 멤버들도—내 안에서 그때 그대로 생생히 살아 있다. …수사적으로 죽은 것처럼 말했지만, 물론 지금 말한 애들은 모두 살아 있고 만나려고 마음만 먹으면 언제든 만날 수 있다.

"키리노. —오랜만에 다 같이 모여볼까?"

"진짜?"

"그럼, 진짜지. 다들 일도 있고 바쁘겠지만 일정 맞춰서."

“꼭 동창회 같네.”

“그래, 그거. 그런 거지. ―어때?”

“음. ―괜찮을 것 같네. …아키바의 메이드 카페, 이름이 뭐더라… 아직 있나?”

“글쎄. 찾아볼게.”

키리노가 낸 것치곤 좋은 아이디어였다. 그 언젠가처럼 그 메이드 카페에서 모인다면… 타임 슬립한 것 같은 기분을 맛보게 될지도 모르겠군. 그때와는 멤버가 좀 바뀌겠지만… 추억담을 꽃피우며 신나는 시간을 보내게 될 거다.

“기왕이면 크게 하자. 사오리한테 상담해서. 멀리 있는 애들도 부르고 싶고 연락 끊긴 애들도 사오리라면 손써줄 수 있을 거야.”

“너, 그 사오리한테 자꾸 의지하는 버릇은 여전하구나.”

“…음.”

그치만 걘 의지가 되는걸.

“하지만 이런 때 의지하지 않으면 화내겠지, 그―.”

빙글빙글 안경, 이라고 말하려던 키리노는 잠시 말을 흐렸다.

“걔, 어떻게 하고 올까? 설마 스무 살 넘어서까지 ‘바지나’로 오지는….”

“하하, 단 하루의 부활이겠네.”

“…농담이 아니라고.”

키리노는 그러고서 딸의 머리를 부드럽게 쓰다듬었다.

엄마와 똑같은 검은 머리가 손가락 사이를 스르륵 미끄러진다.

“으힛, 간지러워….”

“미안, 미안. …풋, 역시 모녀지간이네―. 웃는 얼굴이 똑같아.”

“그러게. 십 년쯤 지나면 그때의 그 녀석하고 똑같아지지 않을까?”

“성격도 똑같아지는 거 아냐?”

“…무서운 소리 하지 마.”

불안해지잖아.

결혼한 지금은 완전히 차분해졌지만….

당시의 그 녀석은 뭐랄까, 음… 그랬으니까.

그런 이야기를 하고 있는데,

“오래 기다렸지.”

대화의 주제였던 아내가 저녁을 가져왔다. 회와 고기감자조림, 도미 소금구이―호화로운 일식 메뉴들이었다.

딸이 “와아, 맛있겠다”라며 코를 킁킁거린다.

“맛있겠지~? 저기, 다음에 마마가 특별히 요리 만들어줄까? 뭐든 좋아하는 거 만들어줄게.”

“맛없어서 싫어!”

어린이는 가차 없다.

키리노는 엄청난 충격을 받고 “…그렇구나” 하며 쓰러지고 말았다.

그런 광경에 아내는 “아하하” 쓴웃음을 짓고서 식탁에 요리를 올려놓았다.

마침 그때 현관에서 우당탕탕 요란한 소리가 들려왔다.

“다녀왔다! 사 왔다! 인형! 사 왔어!”

'손녀 피버인 할아버지'가 돌아왔나 보다.

"자, 밥 먹을까?" 라고 엄마가 말했다.

"그전에―진수성찬의 이유가 뭔지 물어봐도 돼?"

나는 만족스럽게 웃고 있는 아내의 얼굴을 올려다보았다. 그러자,

"출세, 축하해."

아내는 부드럽게 미소 지었다.

"―알고 있었구나."

"응, 부장님한테 들었어. 다음 주부터 과장이지?"

"―――."

"왜?"

"아니, 뭐, 별로 대단한 건 아닌데."

생각지도 못하게 딱 들어맞는다는 사실을 깨닫고 쓴웃음이 나왔다. 과거의 꿈을 꿔서 그런지 이 녀석과 만났던 날이 마치 어제 일처럼 뇌리를 스쳤다.

"네가 말한 대로 됐네."

"어?"

아내는 멍하니 눈을 깜박이더니.

"아아, 맞네. 당시에 그런 말을 했었네요."

바로 내 진의를 이해하고선 천천히 고개를 끄덕였다.

그리고.

"하아아― 처음 봤을 때는―시원찮은 녀석이라고 생각했는데. 왜 이렇게 됐을까."

그녀는 처음 만난 때로 돌아간 것처럼 작은 악마 같은 미소를 지

어 보였다.

"시끄러워."

나는 그 머리에 한쪽 손을 올리고 머리카락을 마구 휘저었다.

손바닥에 전해지는 사랑스러운 감촉.

그 온기는 틀림없이 진짜다.

절대 꿈이나 환상이 아닌 현실이다.

고등학교를 졸업하고, 대학에 입학하고, 열심히 취직 활동을 하고, 평생의 반려를 얻고, 아이를 얻었다.

'내'가 걸어온 여정은 돌아보면 그곳에 있다.

어젯밤 꿈에서 봤던, 이제는 머나먼 그 시절. 청춘의 한가운데에 있었던 그때의 나.

'그'가 걸어가는 인생은 과연 나와 같은 것일까.

따뜻한 단란함에 휩싸인 채 나는 문득 그런 생각을 했다.

작가 후기

후시미 츠카사입니다. 「내 여동생이 이렇게 귀여울 리가 없어 ⑰ 카나코 if」를 읽어주셔서 감사합니다.

먼저 조금 설명을 하겠습니다.

이 책의 마지막에 실려 있는 단편 「어느 결말의 다음」은 PSP게임 「내 여동생이 이렇게 귀여울 리가 없어 포터블」의 특전으로 쓴 것입니다.

다양한 게임의 엔딩. 그중 어느 것의 뒷이야기.

누가 쿄우스케의 '결혼 상대'인지 누구 루트의 다음인지, 독자님에겐 확실히 밝히지 않았습니다.

특전 소설의 독자님들은 쿄우스케와 결혼한 이 아이는 도대체 누굴까?를 생각하며 읽어주셨으면 좋겠습니다.

「어느 결말의 다음」은 그렇게 짜인 작품이었습니다.

이번에 책에 담게 되면서 그 구조는 더 이상 본래의 효과를 발휘할 수 없게 되었습니다.

그래도 카나코 if라는 이 책에 싣고 싶었습니다.

이 책 카나코 if에서 후시미 츠카사 10주년 기획으로 시작한 「내 여동생이 이렇게 귀여울 리가 없어」if 시리즈는 일단락됩니다.

　그립고 즐거운 기획이었습니다. 독자 여러분의 뜨거운 감상을 들을 수 있어 기뻤습니다.

　또 언젠가 좋은 기회가 있다면「내여귀」를 써보고 싶네요.

　다음에 집필할 작품은「에로망가 선생 ⑬」입니다.

　오래 기다리게 해서 죄송합니다.

　이게 인생 마지막으로 내는 책이다.

　그 정도의 기세를 담아 보여드리겠습니다.

2021년 6월 후시미 츠카사

내 여동생이 이렇게 귀여울 리가 없어 17

2025년 11월 25일 초판 인쇄
2025년 12월 5일 초판 발행

저자 · TSUKASA FUSHIMI
일러스트 · HIRO KANZAKI
역자 · 유정한
발행인 · 황민호
전략콘텐츠사업본부장 · 박정훈
책임편집 · 김선림
편집기획 · 신주식 최경민 윤혜림
마케팅 · 이승아
국제업무 · 이주은 김준혜
제작 · 최택순 성시원
한국판 디자인 · 디자인 우리
발행처 · 대원씨아이(주)

서울 특별시 용산구 한강로3가 40-456
편집부 : 02-2071-2104 FAX : 02-794-2105
영업부 : 02-2071-2061 FAX : 02-794-7771
1992년 5월 11일 등록 3-563호

http://www.dwci.co.kr/

ORE NO IMOTO GA KONNANI KAWAIIWAKEGANAI Vol.17　KANAKO if
©Tsukasa Fushimi 2021
©BANDAI NAMCO Entertainment Inc.
Edited by 전격 문고
First published in Japan in 2021 by KADOKAWA CORPORATION, Tokyo.
Korean translation rights arranged with KADOKAWA CORPORATION, Tokyo,
through Korea Copyright Center Inc.

ISBN 979-11-423-3838-0 04830
ISBN 979-89-252-4684-0 (세트)